凝聚愛的每一哩路

紙風車319鄉村兒童藝術工程感動紀實
First mile kids' Smile

紙風車文教基金會
http://www.319kidsmile.org/
本書淨收益全數捐贈「紙風車319鄉村兒童藝術工程」活動基金

序　幕

期待孩子完整地參與
藝術歷程的第二哩路

吳靜吉

　　2008 年 12 月 13 日，319 鄉村兒童藝術工程孩子的第一哩路在宜蘭縣頭城國小演出《幻想曲》，坐在我旁邊是一位將近四十歲的媽媽和她念幼稚園的兒子，這位小朋友非常興奮的看著、笑著，但我發現他母親似乎比他還要興奮，果然到了追風賽狗場的演出片段，母親情不自禁地站起來拍打賽狗，小朋友因為個子矮拍不到而頓覺氣餒，我不管他是不是我的小孩，一手將他抱起，讓他可以更容易拍打賽狗。

　　那一刻，想起了小時候的我，在宜蘭鄉下偷偷跟著大人走了三十分鐘的路去看歌仔戲演出，站定後正好看到薛丁山與樊梨花兩人四眼相望的橋段，這鼓舞了極端害羞的我，我想像自己能夠跟他們一樣面對觀眾不臉紅、上台講話可以從容，從此我迷上了戲劇以及其他的藝術，這樣的迷戀並不表示我要成為藝術家，而只是覺得我可以扮演自信、不緊張、不害羞的角色。

　　在頭城的演出是政大 EMBA 慶祝十週年由校友贊助的，配合這一次的演出，他們另外策劃三項活動，第一個活動是和頭城鎮公所聯絡，邀請有意運用 EMBA 專長的當地企業在當天下午進行參訪、對話的諮詢。第二個活動是校友的家人進行整個下午的宜蘭文化景點之旅。第三個活動則邀請宜蘭當地的度小月來辦桌，讓所有參與的人共嘗宜蘭美食。然後走到戶外一起觀賞《幻想曲》的演出。

　　319 鄉村兒童藝術工程到每一個鄉鎮的演出，不僅讓兒童和家人共賞藝術，同時也促進了社區或社群之間凝聚力的建構以及資源的整合，以這樣的理念及其實踐，我到香港的藝術教育大會上分享經驗，有幾位陸、港兒童戲劇專家事後一直問我，319 鄉村兒童藝術工程真的沒有政府的經費支持嗎？在刻意不讓政府的經

費支持下，台灣怎麼有這麼多人願意贊助演出，讓各鄉鎮的兒童有機會接觸表演藝術？他們一直想知道如何在大陸複製這樣的模式。

所有的藝術工作者都相信盡早而且持續性地讓孩子接觸或參與藝術的確有許多好處。過去十年來許多的研究都發現，藝術的確改變了兒童和青少年的學習經驗，原本不喜歡讀書的小孩，藝術成為激發他們學習其他學科的動機。

劇場的參與和完成都以團隊為基礎，因著藝術的參與學生也學會團隊合作的精神和紀律，藝術通常都可以將現有的硬冷環境轉化為學習樂園，最容易讓參與者形塑發現的樂趣之氛圍。

藝術也是成人和兒童可以一起成長的學習機會，透過有效的藝術教育計畫，教師、家長和其他成人都可以扮演助長人或師父的角色，協助兒童和青少年學習各種學科和人生，藝術也提供了傳統上會讀書的學生新挑戰的機會以便克服上課的無聊，所有學生都可以從參與藝術中發現「天生我材必有用」的道理而教學相長。

眾多研究中一個特別值得描述的是，加州大學洛杉磯分校的 James Catterall 以一萬兩千位國中生和高中生為對象，長達十二年的追蹤研究，他發現這些參與藝術的學生學業成績比較好，上大學的比例增加了，在大學裡的表現也比較好，畢業後找到工作機會也比較多，長大成人後比較會參與公益服務。藝術的效果雖然對所有的學生都有好處，但對於經濟不利或原來成績比較不好甚至英文不佳的移民子女助益更大。

小時候我真希望有更多像紙風車兒童藝術工程的機會，讓我盡早且更頻繁的接觸藝術。因此我特別高興有此平台讓我參與 319 鄉村兒童藝術工程的工作，滿足了我童年的願望。

每一個鄉鎮的兒童知道「紙風車 319 鄉村兒童藝術工程」遲早會來的期待，以及社區人士因此而募款、宣傳、現場志工等等的參與都令人感動。我希望紙風車和所有認為這個經驗的確可以幫助孩子、成人和社區的人士，共同來發想並實踐第二哩路、第三哩路的夢想。讓兒童和青少年可以進一步完整地參與藝術的歷程。

唯一讓自己感到驕傲的事　　柯一正

　　在即將完成 319 鄉鎮巡迴演出的現在，最開心的是我們拍攝了 319 個鄉鎮孩子的笑容，這是我們的初衷：讓全國的小朋友歡笑、快樂。

　　而這是我一生中唯一讓自己感到驕傲的事。

　　一開始我覺得完成巡演是不可能的任務，現在堅信這是可能的。但若不是有那麼多人相信我們的理念，出錢出力支持我們，是不可能完成的。

　　謝謝所有的贊助者、發起人、各地的義工，還有像嘉義林聰明沙鍋魚頭不斷地送食物給我們的演員、工作人員打氣。有這麼多人支持我們才有力量走完這一程。

　　最後這一年，吳乙峰的紀錄片小組加入拍攝工作。不是要拍我們，主要是去追蹤、發掘當初很多人因希望紙風車在家鄉演出，而和自己的鄉里拉出一條感情線，甚而在演出之後，他們發現自己可以為鄉里聚集更多力量，做更多事而繼續在努力……

　　期待更多動人的故事。

週末，在遠方的熱鬧

吳念真

整整五年了，週末夜晚的家裡始終安靜、冷清，完全不若從前。

2000 年秋天搬入這個全新的社區時，四十幾棟房子才住進三戶人家。

兒子高三正準備考大學，朋友說：你家在山上，一定很安靜，適合念書。

他說：「哪會啊？一到晚上地上、地下的昆蟲全都出來求偶、K 歌，吵死了！」

誰知道，不久之後人聲漫了出去，壓過所有的蟲鳴鳥叫。

2001 年開始在綠光做戲，家裡長形的餐桌成了會議桌，劇本雛形、演員和工作人員的決定大都在那張桌子上完成。

李永豐愛熱鬧、人來瘋，是個典型的過動兒，不到體力用盡甭想要他回家休息，於是，開會的時候他就電話不停，呼朋引眾，「落」人上山，理由都是：吳 sir 說，是不是朋友就看你來不來囉！

後來家裡成了眾人週末的俱樂部，少則五六人，多至二三十個人，幹嘛？就喝茶喝酒，聊天瞎說，從正經到不正經、從個人心事乃至熟人八卦。

他們都不知道「嫂子」有潔癖，只要他們一走，不管幾點，即便是已經睡過一覺的凌晨，她也一樣馬上下樓開始打理，洗杯洗盤、擦桌抹椅、吸地拖地，就連廁所的馬桶、地面乃至洗手槽都清過一遍才安心。

記得有一年紙風車基金會吃尾牙，李永豐要她講「新年新希望」，她挺認真地說：「希望明年起，你們週末在我家聚會的頻率可以低一點，因為每到星期五我都壓力好大！」

結果主持人之一的陳希聖竟然說：「真的對不起大嫂，那明年起……我們改成星期四去好了！」

「明年」起，不要說星期四，連週末也都沒人來了，因為「紙風車 319 鄉村兒童藝術工程」已經在那個尾牙之前開始了。

每逢週末總有演出，簡志忠、柯一正和我都得輪流（或者被李永豐分配）到各演出的鄉鎮介紹主要捐助者並當面跟他們致謝。

長輩既然經常三缺一，聚會慢慢就少了，更或許是一堆老友聚會的興奮、滿足，已經敵不過人在演出現場時目睹演員的辛勞、捐助者的熱情以及孩子們的笑容所帶來的感動了。

五年來，每個週末的家裡即便再寂靜、冷清，但只要七點一到，耳邊好像都會自動響起熟悉的開場音樂、孩子們認真的倒數聲，以及巫婆千篇一律的開場白：「我是一個巫婆，一個有經驗的巫婆，所以我的名字……」

於是無論在多麼低落的情緒裡，都還知道這個週末，在這個島上至少有一個角落正燈光燦爛、笑聲四起地熱鬧著，雖是在遠方，但一如在眼前。

從沒想過五年前某個夜晚在家裡的餐桌上，用幾張紙所描繪出來的，一個想用十年的時間去完成的、大多數人都認為是天方夜譚的夢，竟然不可思議地、超乎想像地提前實現了。

該說的話在過去幾年中都已陸續說過，該感謝的永遠感謝不完，至於感動或感觸，所有參與者必然各有不同，但我相信點點滴滴都將是記憶中重要的印記。

至於我，此刻只有一句話想說：何其有幸，可以和你、和孩子們、和台灣319個鄉鎮在同一個美好的夢境裡一待就是五年！

因為美好，所以奢望著另一個夢想可以形成、可以一起實現的可能。

最完美的演出

簡志忠

在「大魯的攝情布拉格」上看到基金會柯一正董事長在一雙兒女的陪同下，指著「孩子的第一哩路——還有 3 個鄉鎮」背板的照片，想起五年前，柯導手術後蒼白著臉出席「319 藝術下鄉」的首發記者會的情景，當時我對站在一旁的李永豐輕聲地說：「既然要做，就要堅持到底，不可半途而廢……」

五年過去了，當初預計三年完成的 319 鄉鎮，現在只剩 3 個鄉鎮。

12 月 3 日夜晚七點，萬里國小將是最後一個鄉鎮的演出，孩子的第一哩路走到「萬里」終於圓滿完成。我實在不敢想像當天晚上現場的情境……

陳芃蓉會來嗎？當初即將調離二林國中，為了讓紙風車的演出作為告別當地鄉親和孩子們的禮物，天天外出募款，為了回報二林人對她這位外地老師的照顧和熱情，就算調職前無法募齊三十五萬，以後還要利用週末回來二林繼續募款的陳老師，她會來嗎？

還有揹著三明治板募款，自己緊張到雙腳發抖，學生看到假裝不認識的黃泰旗老師，會和他那一樣「傻」得可愛的女友從林園趕來嗎？

誓言要讓紙風車兒童劇團越過高屏溪，帶著二十張海報、說帖走遍潮州各社區及學校的簡安富老師會來嗎？這位初聞潮州捐款終於湊足三十五萬，涕淚滿衣裳的當代杜甫，在最後一個鄉鎮的盛會上會不會又涕淚縱橫？

五年來，因為 319 認識了許多新朋友，有些留下了電話，有些握過手，有些有過簡單的交談，有些只是點頭打招呼，有些甚至只是眼神交會，可是都暖暖的放在心裡。這些朋友有的是記者，有的是來義診的醫生公會的醫師，有的是地方仕紳，有的是地方公務員，有的是義工，有的是帶著孩子來看表演的爸爸媽媽，阿公和阿嬤。

五年前當藝術下鄉活動展開初始，標舉不拿政府一毛錢，要用民間的力量將國

家劇院的表演巡迴全國 319 個鄉鎮的大旗，難免招來議論，在沙粒般的小額捐款尚未聚成塔時，要不是一些熱心的企業和個人一鄉一鎮的捐助，為這個國民文化運動起了示範作用，「孩子的第一哩路」將會走得更艱辛。有時候看到劇團因為經費不足，演員還要兼任搭台、清潔、搬運……各種工作，偏鄉外島，披星戴月，從不叫苦，我想除了孩子天真的笑容外，就是呼應這些捐助者的心意吧！

讓我過意不去的，是我那一群有能力又熱心的朋友，除了捐自己的故鄉，太太的，媳婦的，鄰近的，還有「風馬牛不相干」的鄉鎮，只要需要，打個電話，問題就解決了。自己捐，還到處拉朋友共襄盛舉，就算遭白眼也不以為意。

因為 319，金門成了徐靜、盧同聖的第二故鄉。

因為 319，七美的事，好像也成了周皓和唐筱雯的事。

因為 319，當年在報社擔任攝影主管，業餘擔任攝影義工的張大魯，萬萬想不到最後居然跟著劇團跑了，從此天涯海角，只為記錄那一張張孩子的笑容。

因為 319，星雲大師捐了一場大樹鄉，知道紙風車行政費用短絀，又捐了一百萬，還讓劇團幾十人到南部演出時夜宿佛光山，中部演出時住在福山寺，在東部演出時，食宿均由蘭陽別院供應。後來知道高雄、屏東有許多鄉鎮捐款嚴重不足，老人家把近年來信徒給他的壓歲錢，外加寫稿的稿費湊足了五百萬，就是為了讓這些偏遠鄉鎮的小孩，能像城裡的孩子一樣，也有欣賞表演藝術的機會。

當我打電話給大師說我們全國巡迴就剩 3 個鄉鎮，並且邀請他參加萬里最後一個鄉鎮的演出時，師父身體微恙，視力已經非常微弱，可是電話那頭，可以聽到他欣慰地說：「很好，很好，你們辛苦了！」

還記得澎湖離島的五連演，我和好友 Tom 夫婦每天一起坐在台下看戲，每當〈八歲一個人去旅行〉幕起，吳念真導演的口白唸到：「……開往宜蘭火車，會經過兩個長長的隧道，一個就是三貂嶺的那一個，另外一個在石城附近，它也是宜蘭縣最後一個隧道，火車只要一出這個隧道，天地彷彿就會開闊明亮起來，無邊的海洋……你會看到藍色起伏不定的海，看到船，看到遠遠的一個……」我的眼淚

就忍不住流下來。會後他玩笑地告訴同行的朋友：「我真搞不懂，他看了那麼多場了，該哭的他還是哭，該笑的還是笑得那麼開心。」

是啊，我總是把自己當作和現場小朋友一樣，第一次接觸這麼大型、這麼美好的表演，這是我的第一哩路，這一晚的演出將啟發我，這個美好的記憶將陪我走向未來的人生。所以當吳導說：「……火車只要一出這個隧道，天地彷彿就會開闊明亮起來……」我怎麼能不感動流淚呢？

12月3日萬里的演出，我可以想像李永豐一定又要把大家搞哭，這是他的強項。

我知道這一夜不是幾個藝文老青年的異想天開，而是近兩萬五千個捐款人為孩子圓夢的心願成真。

我知道為什麼台灣是世界上最適合我們居住的地方，因為這裡充滿活力，處處有溫情，政府力有未逮的地方，民間總是迅速地補足。

我知道萬里這一場，將會是一個短暫的句點，更美麗的驚歎號，在不久的將來，即將展開。

319個鄉鎮只剩3個鄉鎮了，五年來紙風車承蒙大家的託付，不論晴雨，無視風寒，堅持每一場都做完整彩排，我們互相勉勵，期使每一場都是最完美的演出，為的就是不能辜負這麼多贊助者的情義。

舞台搭起來了，觀眾隨著暮色擠滿了台前，每一次想到這麼多善因善緣匯集，才能成就這樣一場的演出，這是多麼令人感動，多麼難得的事。我的好友 Tom 如果眼尖的話應該會發現，每當敏宜、小美做完暖場，七點一到，表演即將開始前，帶著現場幾千個小朋友一起倒數：「十、九、八、七、六、五、四、三、二、一，鼓掌！」那時，我已經熱淚盈眶了……

孩子笑了，我們卻哭了

小野

最近為了推廣文化活動或是抗爭的社會運動，我常常去到台灣許多偏遠的角落。

我在台南台江的一座靠海的大廟裡參加大廟興學的活動，面對附近的朋友們談我對於土地和家園的認同過程。我提起 2006 年兩件由民間發起對台灣未來影響深遠的運動，一件是年初的千里步道運動，一件是年尾的紙風車 319 鄉村兒童藝術工程。那一年我去公共化後的中華電視公司任職，我將這兩件由民間發起的文化活動列入重要的公共議題，在華視新聞節目中有計畫的持續追蹤報導。

在大廟的演講結束後，一個爸爸帶著他兒子走到我旁邊說，他們已經看了五場紙風車的表演了，因為他們密切注意劇團會到台南各鄉鎮表演的時間。那個孩子笑了起來，很誠實地說：「你剛剛的演講我只聽得懂紙風車。」我那一刻好替紙風車的所有朋友們感到驕傲。終於，終於在台灣最偏遠的角落的小朋友們都知道台灣有「紙風車劇團」了。我更加相信所有理想的實踐，除了行動、行動，還是行動，所有行動最終目的，便是換來小朋友的那一句話，和那一個笑容。

每次和小朋友們一起坐在星空下，看著台上紙風車的演員們賣力表演時，小朋友們都會笑得闔不攏嘴；尤其是到了互動時間可以加入一起玩的時候，他們簡直玩瘋了，又叫又笑又跳。我常常看到一些孩子們乾脆在原地手舞足蹈、自得其樂起來。就在這樣的時刻我都會忍不住的流下了眼淚，後來我才發現很多台上台下的工作人員也都會跟著哭。所以並不是因為我愛哭。

我問自己，當孩子們笑的時後為什麼我們會哭？其實，也是因為我們太快樂了。孩子的笑和大人的哭其實都是因為太快樂了。上個世紀的八十年代，我和包括吳念真和柯一正在內的一群年輕電影工作者，想為台灣電影衝出一條生路時，我在筆記本上寫著自我鼓舞的句子：「踩平阻擋我們前進的障礙，讓後代子孫不再低頭走路。」旁邊還配上一張有許多腳掌的圖片，那是一個充滿熱情、豪氣和志氣

的時代！

1992 年當我離開電影界回到家開始創作童話時，一個來自蘭陵劇坊的年輕人李永豐，在吳靜吉博士的鼓勵下和一群志同道合的朋友創立了紙風車文教基金會，我們那群搞新電影運動的人和其他文化界的朋友們也被他的行為感動，陸續加入這個為兒童表演服務的行列，柯一正導演被推舉為基金會的董事長。在五年前當社會開始動亂不安的時刻，我們有了「紙風車 319 鄉村兒童藝術工程」的構想。

和當年我所寫那種殺氣騰騰的「踩平阻擋我們前進的障礙，讓後代子孫不再低頭走路」不同的是，這個偉大的行動綱領是「尋找願意幫助我們前進的力量，讓後代子孫充滿自信和微笑」。

孩子笑了，我們卻哭了，因為我們太快樂，因為五年後我們的心願竟・然・完・成・了。

開場

足感心的贊助人

為了完成孩子的第一哩路，「紙風車319鄉村兒童藝術工程」走了千千萬萬里。

每一步、每一里，力量都來自於默默付出的贊助人，從95年12月24日在宜蘭員山鄉的第一步，累計已有將近兩萬五千筆的個人及團體捐款，支持七十八萬個小朋友踏上藝術旅程。每場為孩子帶來歡笑與感動的「319」演出背後，都有著贊助人滿滿的心意，如同漣漪般擴散出去。不同世代，各自在「319藝術工程」留下美麗的足跡。

故鄉，是內心永遠的眷戀，一開始，事業有成的中小企業家贊助自己及親人的家鄉。接著，企業以外的力量湧進來了，有人想為師長、學生留下回憶；有的社團、校友、教友、球友找到努力的新目標；有父母捐錢為新生嬰兒預約三年後看戲；也有不欲人知的神秘「陳居士」總是不定期從某銀行寄來一筆筆捐款。後來，更有人化悲慟為大愛，以父母之名捐出奠儀。

「攔卡艱苦也要讓囡仔看戲」的想法，促成的不僅僅是看戲而已。原本覺得家鄉似近還遠的遊子，重溫與那片土地的喜怒哀樂，也見證整個家族的歷史與夢想；將「哀感謝」昇華，讓親友共同為孩子打造第一哩路的，彷彿之間，被他們懷念的對象來到現場感受那份美好。在「319」舞台裡，看著台上演出的同時，台下也上演著贊助人與觀眾的人生大戲。

想要募集一場「319」演出的強烈意念，一次次創造看似不可能的奇蹟。全校只有十二個學生的馬祖北竿塘岐國小，二年級小朋友卯足全力捐出五一四○元，感動中華電信董事長賀陳旦慷慨贊助四鄉鎮，讓離島連江縣成為第一個全縣「達陣」的地方；高雄林園的黃泰旗老師，連續幾個月在郵局門口以三明治廣告人造型發傳單，新竹新豐的李秀美老師甚至貸款籌措演出的椅子費用。有時，募款的魔術數字停在二十、二十五，就差那麼五萬、十萬、十五萬，「紙風車」總能努力找到熱心人士，讓夢想得以圓滿。

有的贊助人說，「319」很像宗教，讓他們不由自主在台下又哭又笑；有人說，

　　這根本是老鼠會，傳銷的卻是對兒童藝術的感動與歡樂；也有年輕的七年級生形容，他們懷著「養小鬼」的心情，希望透過「319 鄉村兒童藝術工程」來「養」出具有人文氣息與本土關懷的「小鬼」們，引領這個社會走向更有情的未來。

　　於是，在演出現場，孩子抱著撲滿的身影格外令人難忘。撲滿小小的，卻顯得好沉好沉，小主人從家裡一路抱了幾個小時，一直抱到看完表演，再心滿意足將積攢許久的銅板倒進捐款箱，為的是回饋下一個鄉鎮。小小孩加入贊助人的接力，讓更多孩子也有機會走入藝術的世界。

　　走了千千萬萬里，「紙風車 319 鄉村兒童藝術工程」的第一哩路完成了。這不是結束，而是開端，乘著幻想曲的翅膀，孩子與藝術的美好旅程正要迎風開展。

上半場

大家作伙快樂向前行

96.8.11 台北淡水

我們舉辦的地方在鄧公國小的五樓活動中心，但是，在下午，還是有觀眾早早就來到現場占位耶！

第 1 鄉 · 第 1 場 95.12.24 宜蘭縣員山鄉 · 員山國中 600 人 贊助：財團法人林燈文教公益基金會、財團法人中興保全文教基金會
第 2 鄉 · 第 2 場 96.01.03 嘉義縣阿里山鄉 · 樂野 - 鄒族文化園區 1100 人 贊助：中華電信

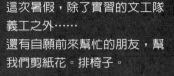

這次暑假，除了實習的文工隊
義工之外……
還有自願前來幫忙的朋友，幫
我們剪紙花。排椅子。

此位小朋友，若看官對他有印象，沒錯，他就是國語
日報曾經報導過那個在劇場長大的孩子，又稱「大力
金剛嘟」，小男孩幫我們搬了幾百張的椅子，回程車
上也累得睡著了，在此，我們也謝謝他！

不過話說回來，搬椅子也「愛注意」啦！
已有兩位傷兵在搬東西時弄傷，行政妹妹
（我啦……就是說我啦）會緊張和擔心的
啦，請要來幫忙的朋友啊！愛注意喔！
以下為您揭露現場照片……

這位黃袖子的傷兵二號，對啦！她就是在
朴子那場腳受傷那位，看我們拚命三郎地
工作著，還是有立即處理，貼心包紮。不
過，大家工作時，不論是什麼崗位，安全
真的很重要喔！

第 3 鄉 · 第 3 場 96.01.13 高雄縣橋頭鄉　橋頭糖廠 1500 人 贊助：台糖公司
第 4 鄉 · 第 4 場 96.01.27 台中縣龍井鄉　台中縣龍井鄉公所前廣場 2000 人 贊助：蔡裕豐

來看看現場的狀況吧！這些人潮可是我們後來努力的成果喔！雖然很多人都是當天才知道，不過，淡水的民眾對文化還是有一份熱情的。

演出前，我們的一位貴賓——陳明章老師，這次首度在淡水為首場演出，結合我們「紙風車319鄉村兒童藝術工程」，讓這場演出在淡水真正結合戲劇和歌曲的藝術饗宴（想想，同時免費聽到陳明章老師現場演唱和看紙風車劇團大型兒童劇演出的機會，真的不容易啊！）現場演唱更是讓台下都聽得如痴如醉……

有緣，無緣，大家來作伙，燒酒飲一杯，厚乾啦……　　　　　　卡打車！卡打車！快樂向前行！！

在淡水，一曲〈流浪到淡水〉，我覺得自己像在拍 MV 一樣，沒來的觀眾真的可惜了！
有多少事是一輩子想做還沒做的？您真的可以加入我們耶！

謝謝鄒媽媽的粉圓冰（我們鄒哥哥的功勞啦）。

第 7 鄉．第 7 場 96.03.13 彰化縣芳苑鄉．王功國小 1500 人 贊助：全國電子
第 8 鄉．第 8 場 96.03.23 台東縣大武鄉．大武國小 1200 人 贊助：陳柏峰

記住生命中的美好

財團法人中興保全文教基金會執行長　莊素珠

　　四年多前的某天，一大早才十點鐘，李永豐突然跑來找我，提了一個點子。平常大家都說李永豐是個瘋子，我當時聽完，終於認同這個說法，因為，這真是個很瘋狂的主意。

　　美國仔說，紙風車要不以營利為目的，為全台灣偏遠地區的小孩做一件事情，那就是給他們一場藝術的盛宴，讓孩子能快樂地欣賞藝術。他真的瘋了，但我的第一個反應是，這活動實在太好了！

　　其實，從1998年9月開始，我們（中興保全文教基金會）開始在台北市成立「社區潛能開發班」。近年社會變遷太快，家庭結構迅速轉換，你很難想像，單親家庭比例這麼高，失怙的家庭暴增，竟然都市裡的小孩也會有放牛班？

　　家庭功能一失去，小孩就沒人管，放學老師也管不到，導致在外面遊蕩、放棄學業。孩子的教育怎麼能等？本來我的概念是潛能開發，但老師卻反應：「孩子連功課都不會，如何開發潛能？」真的沒想到都市裡有這麼多孩子缺乏照顧，所以我們開始幫助弱勢家庭小學課業輔導，並提供晚餐，九點再送他們回家。

　　我公公（國產集團創辦人林燈）是宜蘭縣員山鄉人，為了回饋家鄉，林燈文教基金會也比照這個模式深入員山、深溝、內城國小等地進行課後輔導計畫，「但我沒料到，宜蘭的情形比台北更慘！」鄉下多數是隔代教養，爸爸媽媽到外地工作，留給阿公阿嬤管，宜蘭不比台北，天黑以後暗朦朦、到處是田庄，學校之間離那麼遠，我們透過學校設立據點，慢慢協助鄉下孩童課後學習。

　　有一個畫面，曾讓我非常震撼。前陣子，我們在宜蘭課後輔導班上辦慶生會，小朋友看到蛋糕臉上充滿了雀躍表情，不但一邊吃，一邊盯著還在切的蛋糕，吃完了還拚命舔著盤底的奶油，眼睛還巴望著再來一塊的渴望，「我心裡很難過，孩子的那個笑容，始終烙印在我的心底久久不去！」

　　偏鄉弱勢小孩的需求真的是太多了，

第 11 鄉 · 第 11 場 96.04.18 彰化縣永靖鄉 · 永靖國小 2300 人 贊助：詹忠志
第 12 鄉 · 第 12 場 96.04.27 台北縣新店市 · 碧潭東岸 2600 人 贊助：研華文教基金會

你想做都做不完。所以，回過頭來說，我太佩服李永豐了，我一點也不質疑，這個夢想會不會太遙遠？319 場是不是不可行？能做幾場就做幾場，那就試試看做了再說！（一旁的李永豐連忙插話：她是好人啦！就算不以為然也不會拒絕我啦！）可是你看，台灣人的心真的很好，我贊助第一場宜蘭員山鄉，後來很多人跟著做，大家出多出少是一回事，但都是盡力去做，「沒想到他真的搞起來了！」

從第一場宜蘭員山鄉、第二年在宜蘭市、第三年在宜蘭最後一場三星鄉演出，真的沒想到，會有那麼多人來看戲，能站的地方全擠滿了人，本來是要演給小孩看，但看戲的卻不只是小孩，

還有阿公阿嬤，「所以這不僅僅是小孩藝術地圖的第一哩路，也很可能是阿公阿嬤的第一哩路！」

我常感慨，教育其實是最難的，那是一條漫漫長路。每個孩子都是家裡的希望，幫助弱勢孩子，等於幫助一個家庭、一個家族，也等於為社會安定注入一份力量。我不喜歡花很多錢，去辦超大型的活動，一次就沒了！只做一次沒有意思，我想要的是「扎根」的工作，如果可以從零分做起，把孩子一個個拉拔起來，就像當年很多課後輔導的孩子，現在都上大學了還會常來看我，有些已經就業了；紙風車全省巡迴演戲給孩子看，也是一樣的概念。

以前的小孩，起碼還有歌仔戲、布袋

第 13 鄉 · 第 13 場 96.04.28 嘉義縣朴子市 · 朴子市公所封路 4100 人 贊助：周清陽一家人
第 14 鄉 · 第 14 場 96.05.05 苗栗縣苑裡鄉 · 山腳國小 1400 人 贊助：古承濬

戲、酬神、七爺八爺等活動可以看；現在的小孩，卻都是補習、玩電動、補習，那個過去珍貴的歷史記憶、生活經驗、共同歡樂統統不見了……這也是紙風車319活動之所以會引起各界共鳴的原因。

我始終希望，每個孩子都能快樂地成長，記住生命中美好的事物，因為，藝術本來就存於生活之中，多多接觸藝術、欣賞藝術，就會對藝術有概念、有想法。我平常很愛拍照，回家路上的一花一樹、旅行的風光、河面濕地的花鳥，都可以入鏡，但你會發現，一樣的景點，大家拍出來的照片卻迥然不同，這就是欣賞、就是創意，讓孩子把藝術融入生活中，腦袋中就會有創意。

你沒有辦法預期，紙風車319這個全民發動的藝術工程，會對每個看戲孩子產生多大的影響；就如同我們無法想像，擁有創意的孩子，未來會打造出怎樣的生活，但是，生命中美好的事物，怎麼能視而不見呢？

給孩子的一句話：
快樂地長大，記住生命中的美好，藝術就存於生活之中。

紙風車嘉義之友會

林聰明沙鍋魚頭店老闆　林聰明

　　紙風車嘉義之友會並不是一個正式的組織，而是十餘年前，紙風車劇團每次到嘉義地區巡迴演出時，一群跟著蔡宗勳擔任劇團後勤支援工作的伙伴，主要成員有翁春松、林聰明、黃尚文、呂炎坤、郭勝恩、吳泰豐、陳光興與呂明星等，十多年來，他們已經和劇團演員、行政們建立起如同家人般的情誼，也讓紙風車每次到嘉義演出如同回家般的親切，套句全國電子廣告詞，就是「足感心」。

　　很多劇團演出雖然用心，但對孩子的影響感受不到，看完 FU 就沒了，自己多年前在嘉義市文化中心第一次看到紙風車的演出，親身感受到演員的投入和四射生命力，就開始注意到紙風車劇團，之後 319 工程展開，更在好友蔡宗勳鼓勵下，順理成章加入嘉義之友會，與少則六、七人，多則十多人的伙伴們，一同關注這個為台灣囝仔而努力

的劇團。

　　和其他捐款者或帶動捐款者不同，紙風車之友會給的並不是錢，而是一份心和行動力，成員們自發性分成運輸兵、伙食團、招待兵，各憑自己的能力來協助紙風車，也因而如果強調捐錢，嘉義之友會只能算小咖，但如果說到長期參與感，全國其它地方應該是無人能出其右。

　　譬如說運輸部長「翁總裁」專門負責載著物資上山下海、接送趕行程的演員，紙風車走到嘉義縣哪個鄉鎮，他就去哪，雖然辛苦，但翁春松樂在其中，因而六旬「老人」的他，聽到二十來歲的演員、行政叫一聲「翁大哥」，頓時年輕三十歲，哪還會感到身心疲憊。

　　嘉義縣議會秘書長黃尚文出錢出力從不落人後，除大力促成義竹、溪口與大埔鄉的第一哩路，還會準備鱷魚大餐、烤山豬來犒賞演員，行動力在紙風車之

第 17 鄉‧第 17 場 96.05.12 嘉義縣東石鄉‧港墘國小 1500 人 贊助：張大魯的攝情布拉格
第 18 鄉‧第 18 場 96.05.15 澎湖縣馬公市‧馬公國小 800 人 贊助：謝長廷先生及各界熱心人士

友會中與「翁總裁」並列第一名。

　　而我自己因為生意忙碌，演出時間很難到場「看前顧後」，只能擔任後勤部隊，演出前兩天先是準備滷味，例如火雞頭、脖子、翅膀、腳與腹內，這可是慢工出細活、有錢買不到的絕佳好料，如果不相信，可以上319網站看演員們大快朵頤時渾然忘我、讓人忍不住食指大動的畫面。

　　有一次阿里山鄉的演出因連絡上出了些問題，紙風車之友上山前忘記來店裡拿消夜，我擔心演員下了戲沒東西吃，趕緊花一千五百元雇計程車專程送砂鍋菜到阿里山鄉樂野，事後聽演員描寫說，在場的執行長李永豐、蔡宗勳、翁春松、吳泰豐與呂明星等人看到演員們

在十來度低溫，吃著熱騰騰沙鍋菜等料理的那種滿足感，都忍不住熱淚盈眶，可說是感動不已，也證明我這個「伙食團長」真的是很用心。

　　由於紙風車帶給孩子們希望，宛若是看了紙風車，孩子就有希望，因而雖然說捐助過程有些不便，但秉著認同如果不做紙風車319鄉村兒童藝術工程，怎麼知道這個夢會不會成功的宗旨，不管是第二、第三或更多哩路，我永遠都是紙風車嘉義地區消夜之友。

> 給孩子的一句話：
> 有夢，成真，才是真。

第 19 鄉 · 第 19 場 96.05.19 苗栗縣泰安鄉 · 雪霸國家公園 1000 人 贊助：勇源教育發展基金會、泰安產物保險公司
第 20 場 96.05.25 台南市 · 萬年殿 3500 人 贊助：萬年殿管理委員會

投下一顆夢想的種子

雙鶴集團常務董事　古承濬

99 年 12 月 19 日，紙風車文教基金會在台北華山藝文園區辦了一場「紙風車319 鄉村兒童藝術工程」四週年好朋友相聚大會，有幸，因為我也是「她」的發起人之一，所以受邀參加了這次聚會。

「紙風車319 鄉村兒童藝術工程」這個源起，是希望讓城鄉差距越來越大的鄉下小孩子，也能有機會看到國家劇院級的表演藝術，藉此為他們的未來播下一個創意、美學的種子。如此耕耘了四年的「她」除了向與會者述說他們的「血淚史」，也讓大家見證了一份成就與榮耀的成績單：

演出 328 場
走完 283 個鄉鎮（剩下 36 個鄉鎮）
1460 天的演出
4000 名志工
1.7 億的捐款
22628 個愛心
26 萬公里的奔走
（等於繞行台灣 362 圈）

這些數字，代表的意涵是：成果輝煌，但，出乎意料！

四年前的一個冬日下午，紙風車基金會執行長李永豐先生，帶著筆記型電腦到辦公室向我做了一場他的「OPP（創業說明會）」：「紙風車319 鄉村兒童藝術工程」計畫說明會，並邀我擔任發起人之一。實在話，因不忍打擊他的滿腔熱血，我勉強微笑點頭支持他的這份「天真無邪的浪漫」。因為，當時正值台灣景氣不佳的社會背景、此計畫

第 20 鄉 · 第 21 場 96.05.27 台北縣中和市 · 中和國小 1700 人 贊助：洪建全教育文化基金會
第 21 鄉 · 第 22 場 96.06.08 南投縣竹山鎮 · 雲林國小 1500 人 贊助：謝長廷先生及各界熱心人士

不靠政府的奧援完全由企業人士及民間力量來合力完成、湊足一場的演出費是三十五萬元、目標要走完全台319個鄉鎮、為給鄉下小孩子「看戲」這個理由是否足以呼喚大人們掏錢的熱情……等等，我的內心對此計畫的可行性，浮現諸多質疑，但沒說出口，只因：我看得出這位好友很想做一件很棒的傻事。

幾個月後（96年5月5日），我贊助演出的地方：苗栗縣苑裡鎮山腳里的山腳國小操場，它是一個偏僻的鄉下、我就讀過的小學、我的出生地、充滿著兒時記憶的故鄉。當天我從台北出發至目的地時，一路雨勢未歇，紙風車團長任建誠先生還為此，率團員到小學旁的媽祖廟，去祈求媽祖保佑劇團的演出可

以平安順利，因為這是他們第一次面臨的天候狀況。甚至擲筊請示媽祖：演出場所可否移至旁邊的國中室內禮堂？最後，祂的指示是：留在原處即可。

我至現場時舞台已搭了，台下的塑膠椅子擺了、神明也拜了，但雨還是下著，我望著這片空盪盪且濕漉漉的塑膠椅子，我的心就像鉛球般沉重的懸掛著：有人真會帶小孩來淋雨看戲嗎？天色漸暗，戲將開鑼，雨繼續下，不過我的憂心卻逐漸消融，因為人潮在不斷聚集——在地人、鎮外人，甚至還有一路問路趕來的台北人，撐著雨傘牽著小孩，臉上堆著笑容陸續走進操場，穿上鎮公所發的黃色簡便雨衣坐定，人聲逐漸嘈雜起來但氣氛卻是歡樂……戲開演

第22鄉 · 第23場 96.06.09 台北縣汐止市 · 秀峰高中 3000人 贊助：宏正自動科技（股）公司
第23鄉 · 第24場 96.06.13 苗栗縣後龍鎮 · 後龍國中 1400人 贊助：紀念謝秀裁女士

了，我刻意站到觀眾席後方看向舞台，清晰看見亮光下的雨絲，縷縷不停斜打在現場密密一大片黃橙橙的一千四百多人身上、不斷聽見小孩與「老小孩」交織在一塊的笑聲，以及與舞台上演員互動的話語聲……直到謝幕時，台下依然是密密一大片黃橙橙的一千四百多人，沒人中途離開……那一夜，我的眼眶很多時候都是濕潤的，應該說是被這一陣陣「天真無邪的浪漫」笑聲所催出來的，因為那是聽起來，一種很美麗很有感染力的笑聲。

後來，我才知道，不看好「紙風車319鄉村兒童藝術工程」這個計畫的人，不只是我，連紙風車基金會的那些

「大老」們：吳念真、柯一正、簡志忠……等等幾乎是一面倒，還取笑執行長李永豐是個「蠢蛋一號」。這些往事，都是在這個四週年活動時，從他們上台致詞時一一爆出。難怪每次紙風車的「319」相關演出，包括這個四週年活動，一開始的戲碼都是夢幻騎士「唐吉軻德」騎一匹瘦馬出來，講一段慷慨激昂，但感覺上卻很不實際的台詞，以標示這項「鄉村兒童藝術工程」其「天真無邪的浪漫」夢想追逐的本質。

這一千多個日子來，這位騎著瘦馬心中只有夢想眼神堅定的唐吉軻德，足跡走過學校操場、廟埕街口與山谷海濱，帶給許多偏鄉孩子，第一次如此近距離

碰觸到這些豐富多元的創意、美學表演，也共振出許多離鄉打拚、事業有成企業人士回饋故鄉，及社區住民互助集資的情感力量。

吳念真說，總有人問，演戲給小孩看，到底意義何在？「其實，我也不知道。但我永遠記得我五歲那年，阿公揹著我到九份昇平戲院看新劇。回程路上下著雨，我們在有應公廟等雨停，我記得那一天的茶壺山、雨後天空出現的兩道彩虹，及阿公身上有汗有雨的味道。」他說，多年以後，看過紙風車演出的孩子，就算不記得台上演的是什麼，但能和自己一樣，記得某一個相關畫面，也就夠了。

夢想的「小種子」總是無法和夢想實現後的「浩瀚壯闊」聯想在一起——五歲時看戲的吳念真與當今寫戲導戲感染力波濤洶湧的吳念真，很難類比；四年前李永豐拿著筆記型電腦的紙上談兵，到現在全台遍地開花。「自己故鄉的孩子自己照顧」，一股如「史詩般的新文化運動」已在形成……誰能預料？這樣的感覺，對一向都在追逐夢想的雙鶴伙伴們，應該更有感覺才對，尤其是當你站上夢想的山頭時……

給孩子的一句話：
生於斯，長於斯　念於斯
——我的故鄉　山腳

第 25 鄉 · 第 27 場 96.06.18 台南縣官田鄉 · 惠安宮 1200 人 贊助：陳水扁先生
第 26 鄉 · 第 28 場 96.06.23 屏東縣枋山鄉 · 楓港國小 800 人 贊助：東道有限公司

還給孩子純真的笑容

聖心教養院神父 蘇豐勝（阿西神父）

會接觸紙風車劇團，蘇豐勝神父說最早起源是吳念真導演為聖心教養院拍攝公益廣告，接著又有張大魯號召網友一同募款，「得知這個消息時，我們其實很訝異」，也才知道，「這個社會，有很多人用另一種方式在做公益」。

談起那年在港墘國小的演出，蘇神父說聖心的身心障礙院童不比一般人，能跑、會自然地笑，平時根本不會有什麼反應的院童，特別像有些重度、極重度院童是需要外界極大刺激，才能吸引他們，但那晚每位照護者都發現，「他們耳朵都打開了，與其說他們在欣賞演出，不如說他們在觀察」。

從那時候起，隨時留意紙風車相關演出資訊，或大魯有辦什麼義賣活動，「只要能稍微做點事，聖心員工們私下能幫就幫」，蘇神父強調「別人幫我們，我們也應該有一些行動」，把這份關係界定成朋友相互依存，蘇神父認為一方面是大家肯定聖心對院童的照顧，「在彼此回饋目標下，互相幫忙」，就連走在路上或在演出會場上，看到志工在自己車子漆寫「紙風車 319 鄉村兒童藝術工程」資訊，「就讓我想跟著他們腳步，一起前進」。

「不只為小朋友，也把大人帶回童年那一段記憶」，蘇神父談起許多四、五、六年級生的共同回憶，「絕對都有布袋戲的情節，而紙風車就有那種令人期待的感覺」，尤其紙風車很多演出讓人 Surprise，「不 Care 台下人多人少，只在意能不能製造感同身受的歡樂氣氛」，表示一項演出成功不成功，從小朋友的目不轉睛就知道，「紙風車不一樣的地方，不只大人願意帶孩子來看，連小朋友也會自己跑來看」。

看了六場演出的蘇神父，總會提早到會場看事前的準備過程，「特別重視演出前的準備工作，把最好的一面送給小朋友」這點，蘇神父就為紙風車打高分，也會分享演出資訊給親朋好友，希望大家都有參與這件好事的機會。

談起兒時，蘇神父說自己生長在雲林土庫的一處郊區村里，「講地名大家都不一定聽過」，當時經濟雖然不算好，

第 27 鄉 · 第 29 場 96.06.24 屏東縣恆春鎮 · 僑勇國小 1200 人 贊助：東道有限公司、長融財務顧問（股）公司
第 28 鄉 · 第 30 場 96.06.28 南投縣信義鄉 · 信義國中 600 人 贊助：財團法人浩然基金會

但生活環境自然、務實，反觀現在小朋友一有空就沉迷在網路世界裡，「紙風車雖然不是天天來，但起碼，它盡其所能讓小朋友重新體會到一個應當屬於他們的童年經驗」，即使現代的孩子已無法像他當年一樣到河邊抓蛇、灌蟋蟀，「有了紙風車，起碼他們的童年多了精采插曲」。

在嘉義待了十二、三年，蘇神父誠懇地說，「我們雲林雖然不是很富有，但有兩件事我滿驕傲的，像公共建設不輸都市，還是全台灣第一個 319 跑完的縣市，雖然我們這麼窮，特別是這種透過募款才演出的方式，各地一定都有熱心的民眾，只是平時有沒有這個機會讓他們有所付出，而紙風車創造了這個機會，也創造了另一種台灣奇蹟」。

給孩子的一句話：
讓我們還給孩子純真的笑容。

第 29 鄉　‧　第 31 場　96.06.29 台南縣歸仁鄉　‧　歸仁鄉游泳池前廣場　1000 人　贊助：中國國際商業銀行文教基金會
第 30 鄉　‧　第 32 場　96.06.30 台南縣大內鄉　‧　大內國中　1300 人　贊助：中華航空公司、大內大愛媽媽、楊崑明先生、
楊新樂會長、大內國小學校教育發展基金

人氣破表，熱情無法擋

96.4.28 嘉義朴子

Yes Sir！新進朴子警犬報到，朴子囝仔，我們來了！

這天我們三度來到嘉義，一樣有好棒的公所和義工，熱情、服務、盡心盡力。甚至一早就有小朋友來等，阿嬤三次來叫都不回去，最後還是先回去洗澡才來！還有，一個姊弟情深的畫面，我們在台北現在好難看到了。二十幾位盡責的文化義工，幫我們在現場把秩序維持得超好。

319 的第一場封街演出，我們自然是大大小小都不敢怠慢。沒想到現場能來那～麼多人，真的只能說朴子人熱情到讚啦！又弄到凌晨的特派員還是要上來分享一下！來看看照片吧！

第31鄉 · 第33場 96.07.05 彰化縣伸港鄉 · 伸港國中第二預定地 2200人 贊助：中華航空公司
第32鄉 · 第34場 96.07.06 彰化縣北斗鎮 · 北斗國小 1500人 贊助：財團法人台北市雙清文教基金會

按照慣例，先來看看孩子的笑容和下午的小觀眾。這張照片，請看最底下的小妹妹，
超可愛的啦！看到沒？

就是他，被阿嬤叫了三次的小男孩。

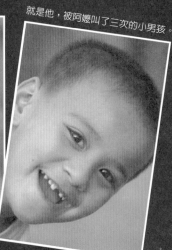

下午五六點，大家都坐得差不多了，準備好了嗎？

真的，上圖是下午六點多的時候，整個光復路演出段就快坐滿了，分給各校的區塊也
早就開放出來，因為大家都太熱情了！朴子這場演出，其實如我們所料，人數一定是
很多，只是，我們沒料到的是，哪ㄟ假多人！這樣我們就更不能辜負鄉親們的熱情了，
要好好演喔！手拍兩下，腳踩三聲，我們的演出要開始了，巫頂要開始變魔法囉！

第 33 鄉　·　第 35 場 96.07.07 彰化縣田中鎮 　假日夜市廣場 1700 人 贊助：簡龍雄先生
第 34 鄉　·　第 36 場 96.07.08 彰化縣芬園鄉 　寶藏寺廣場 2000 人 贊助：無名氏

唐吉軻德的場面其實就很大了，每一場，我們都希望能用像劇院一樣的規模回饋給觀眾，也回饋給捐贈者。不敢說造就多少藝術的果實，能夠讓一顆藝術的種子被啟發，一鄉鎮只要一個，台灣未來就絕對光明了！

巨龍吐煙～～嚴禁亂抓（常看到巨龍追唐吉軻德時，孩子們會抓著巨龍的肚子？哈癢？莞爾又必須阻止，囡仔唷！龍不能用手抓，會歹去啊！）

這天朴子好熱啊，連阿欽都攤在椅子上了！阿欽：「阿姨，今天好熱啊！」

阿嬤：返去洗身軀啦，洗好再來！

不得不說一下這對姊弟，從下午就在了，姊姊就一直抱著弟弟沒放下來，到了晚上，為了怕弟弟看不見，姊姊先佔了好位置，就一直揹著弟弟，特派員去叫她坐下，她還不肯，說是坐下弟弟會看不見，就一直揹著，可惜晚上拍不到這畫面，姊弟情深若此，給她拍拍手（啪啪啪……）

市長請吃冰，看看大家的吃相，不過……謝謝市長！

第 37 鄉・第 39 場 96.08.03 高雄縣六龜鄉・六龜鄉公所前廣場 600 人 贊助：中鋼集團
第 40 場 96.08.04 台中縣龍井鄉・龍井鄉公所前廣場 3000 人 贊助：中鋼集團

本來現場剛排好的椅子是這個樣子。

到了晚上，人真的好多。

馬上破了朴子市公所今年跨年人數紀錄，也破了我們自己的紀錄，現場應該有四到五千人參與耶！演出完畢，照例，阿欽也是小朋友最喜歡的人物之一，還有小朋友要幫他戴眼鏡呢！

謝謝大家！

第 38 鄉 · 第 41 場 96.08.05 桃園市 · 中油煉油廠壘球場 3600 人 贊助：中油公司桃園煉油廠 · 汴洲里楊鑫坤里長
第 39 鄉 · 第 42 場 96.08.07 雲林縣北港鎮 · 北港鎮第一停車場 2300 人 贊助：紀念李金藤先生

後記：
記得大魯哥的部落格有一張「認真記者」的照片，雖然是意外，卻造成了「不太低調」
的傷，認真，的確會讓人忘掉自身的安全，雖不致成仁，我們的這位工作同仁，也在
身上留下了光榮的記號了！

事情是這樣的，那天晚上，我們的
工作人員，不慎被鐵鏈絆倒，造成
右腿肌肉組織遭外力破壞受傷，手
也有留下瘀青……於是，同仁們立
刻火速拿出醫藥箱，要為她上藥
……在公所辦公室，黃市長的鎮壓
兼安撫之下，公所義工熱血義舉幫
忙，留下這壯烈的一幕……

大家要小心啊！

第40鄉 · 第43場 96.08.10 台南縣七股鄉 · 七股國小 600人 贊助：台北北區扶輪社社長許義榮先生
第41鄉 · 第44場 96.08.11 台北縣淡水鎮 · 鄧公國小 600人 贊助：長工會

每個生命都有裂縫，
這樣光才會射進來！

泰安產物保險公司董事長 李松季

「還記得第一次看到表演藝術時的震撼和感動嗎？」2006 年 12 月 17 日，我在家用早餐時，從中國時報頭版看到斗大的這句話，當下非常感動，進了公司，我立刻請同事和紙風車聯絡，確認活動宗旨和細節，其後我們便敲定了第一場在苗栗縣泰安鄉的演出。

從小，我就是個文藝青年，從求學時期一直到赴美國紐約大學讀書，其後回到台北工作，舉凡文學、音樂、繪畫、戲劇都是我工作之餘無法忘情的興趣。小時候看布袋戲、國中時迷漫畫、讀建中時沉醉小說，到了紐約則瘋歌劇和古典音樂。個人物質上不一定寬裕，但精神上從不曾匱乏。

每個人都有一個天賦，卻不見得有機會被啟發。我常想，如果有機會讓孩子接觸探索，就能啟動孩子的靈光，「學校教的東西可能考過就忘，但智慧的靈光，卻能讓孩子潛移默化、終生受用！」

就這樣，在一個春天矇矇亮的清晨，我來到泰安鄉雪霸國家公園。

因為和公司「同名」的緣分使然，從 2002 年起，我們長期贊助苗栗縣泰安鄉泰安國中國小，透過各項技能發展，包括指導高爾夫球訓練等等，希望能幫助原住民小朋友；所以，當紙風車全台走透透的活動開跑，我腦中的第一個畫面，就是希望山裡的原住民孩子，也能夠飛躍城鄉差距，和城市小孩一樣，可以一起坐下來，欣賞專業級的藝術表演。

我穿著雨衣，看著紙風車劇團在高山上一邊搭著舞台，一邊抵擋著突然而來的大風雨。我在場內幫忙祈願，希望雨不要下大，但很奇怪的，風雨雖不停歇，鄉內的大人小孩卻到得愈來愈多，現場兒童看戲的歡聲雷動，比交加的風雨還要狂熱，我第一次看到兒童劇這麼富有哲學教養，甚至比大人的戲劇精彩，讓我深受感動。

第 42 鄉・第 45 場 96.08.24 台北縣永和市・福和運動公園 1500 人 贊助：長工會
第 43 鄉・第 46 場 96.08.25 台北縣平溪鄉・平溪國中 500 人 贊助：台灣奧美整合行銷傳播集團、台北市傑出女性發展協會

第 44 鄉　‧　第 47 場　96.09.01　台北縣板橋市　‧　後埔國小　3500 人　贊助：無名氏
第 45 鄉　‧　第 48 場　96.09.05　南投縣南投市　‧　南投縣立體育場　3000 人　贊助：湯火聖顧問團、輝達股份有限公司、鑫永詮股
　　　　　份有限公司、南投縣火金姑關懷協會、柏克萊普樂學院、鮑金秀兒童心算學校、久久企業股份有限公司

　　我是在台南麻豆長大的鄉下小孩，2007年我母親過世，我看著親朋好友送來的奠儀，心中燃起一個想法。經過弟弟們的同意，我加碼湊齊一百五十萬，以母親李陳麗霞慈善基金之名捐贈給母校麻豆國小，其中三十五萬則指定贊助紙風車到校開演。

　　那天我雖有事無法前往，但從弟弟口中，知道父親的肯定。父親向來沉默寡言、行事低調，對於母親的離開，我選擇用這樣的方式，感念母親，也回報家鄉。當天現場熱熱鬧鬧來了兩千多個鄉親，大家歡喜鬥陣看戲，能夠看到日益凋敝的家鄉，當晚有這麼多開心的大人、小孩，我們滿心喜悅。

　　其實，從鄉下出身的人，反而有一顆更敏感的心。這樣的敏銳，很適合戲劇、文學、音樂的發展，因為鄉下孩子所接觸的大自然、人事物，相對更豐富；表面上，你認為它的物質擁有不及都市孩子，但土地給它的力量，卻大到無法預期。也因為這樣的成長歷程，我渴望回饋台灣社會的意念是很強的。

　　台灣這一、二十年來，因為社會的激化、政治的對峙，人和人之間的信賴感降低，導致回饋社會的難度變高。紙風車之所以引起轟動，第一是打動了我們對鄉土的心，第二是這些人值得我們信任；319藝術工程的可貴，不只是技術上的挑戰（要克服偏遠地區的交通和

裝備），更是心志上的挑戰（募款的壓力），台灣有很強的生命力，紙風車的成功，在於把這股生命力帶到鄉下，讓更多的人參與擴散。

每一代的人，都有他的美麗，也有他的哀愁。前幾年爆發金融海嘯時，台灣社會呈現一片低迷，年輕人都覺得前途茫茫，但這是一個低點，何嘗不也是一個思考的起點？我十八歲時深受英國哲學家羅素的一句話感動，他曾說：「有三種單純而強烈的感情曾經支配我的一生，那就是：對愛情的渴望、對知識的追求，以及對廣大苦難的人類一種發自內心情不自禁的同情！」那是個普遍貧乏的年代，此刻回顧，卻也是我人生最好的一個起點。

不要因為缺乏，就失去熱情；善念，會幫你開一條路。對於孩子的未來，我很喜歡加拿大知名的詩人歌手柯恩（Leonard Cohen）的一句話：「每一個生命都有裂縫，這樣光才會射進來！」

> 給孩子的一句話：
> 善念，會幫你開一條路。每個生命都有裂縫，這樣光才會射進來！

第 47 鄉 · 第 51 場 96.09.12 台東縣蘭嶼鄉 · 蘭嶼高中 450 人 贊助：陽明海運集團
第 48 鄉 · 第 52 場 96.10.05 新竹縣尖石鄉 · 新樂國小 400 人 贊助：美商摩根大通集團

就算匱乏，也不要失去樂觀

長融財務顧問股份有限公司董事長　張道宏

　　屏東恆春的天空，是我記憶裡最湛藍的天空。大學畢業後留在台北打拚，我常回恆春看父母，一樣的晴空下，我卻不解，都市發展得這麼快，為什麼鄉下三十年來卻沒改變？小時候的快樂，開始點滴湧上心頭，可是，愈看到鄉下的小孩，我就愈觸景傷情、心也愈沉重……

　　為什麼？這十幾年台灣變化很大，中南部產業出走，結構性的失業和貧窮，改變了鄉村的風貌。鄉下的人沒工作，生活上開始失意，有的甚至終日酗酒，不要說陪小孩的時間少了，能給孩子什麼樣的教育和啓發？你如何期待小孩會有競爭力？曾經，我想過要為孩子們蓋圖書館，但我後來還是打消念頭，因為，圖書館缺的不只是書，更需要的是「有人陪」。

　　鄉下的孩子需要人陪，陪著他看書，陪著他生活，陪著他長大。當簡志忠、李永豐他們喊出紙風車319鄉村兒童藝術工程時，坦白說，這個概念真的是打到我的心坎，這個原始的想法，就是陪孩子一起看戲！當然，我也曾質疑：搞到全台各鄉鎮這麼大的工程，做不做得成？做好比做大更重要不是嗎？

第49鄉・第53場 96.10.09 台南縣麻豆鎮・麻豆國小 2500人 贊助：李陳麗霞女士慈善基金
第50鄉・第54場 96.10.12 嘉義縣布袋鎮・新塭運動公園 1500人 贊助：布袋鎮民及各界熱心人士

我後來轉個念想,既然每個城鎮都要走到第一哩路,甚至是第二哩路,我何不來當一個臨門一腳的「補位者」?每一場的贊助費是三十五萬,如果把大家的力量集合起來,把募款的能量擴散出去,眾志成城,缺的就由我來補,那我可以捐的場子不就更多、更遠?所以,到目前為止,我雖然贊助不少場,但沒有一場是我單獨贊助,都是由很多個和我心意相同的「小我」所凝聚起來。

本以為,像過去公益活動一樣,我只要當個「隱形」的捐助者就好,沒想到,當第一場敲定在恆春僑勇國小演出時,紙風車卻邀請我親自到場露臉。我當下沒想太多,也沒有事先告知父母,只是回屏東順道把他們帶過來看戲,所以,當坐在台下貴賓席的父母親,看到場面竟然是這樣爆滿,又發現這齣戲的緣由,是來自我們恆春人「回饋家鄉」的意涵時,臉上雖看不出激動,但我卻可以感受那份高興和感動,老爸甚至私下抱怨,「啊你不卡早講,我好把厝邊隔壁、親戚朋友統統找來看戲啊!」

小時候的我,曾有過嚴重的學習障礙,念到小二,還拼不出ㄅㄆㄇㄈ,全因母親耐心溫暖的給我機會,我才有今

第 51 鄉 ‧ 第 55 場 96.10.13 台南縣仁德鄉 ‧ 仁德體育公園育樂中心 1800 人 贊助:財團法人台南市奇美文化基金會
第 52 鄉 ‧ 第 56 場 96.10.16 連江縣莒光鄉 ‧ 西莒敬恆國中小 130 人 贊助:中華電信

天。所以，我深知孩子的成長，需要大人的陪伴和啟發。一百個小孩之中，究竟有多少人因為看了紙風車這場戲劇而受到啟發？沒有人會知道，但總是有些東西留下來的，哪怕只有一個小孩，只要一個小孩有了感動，這就夠了！

還記得拍出《海角七號》的導演魏德聖嗎？他當初也是看了一部電影《四海兄弟》，才觸動他拍電影的念頭。也許，我們目的也在此，觸動孩子一點點藝術的細胞，讓孩子接觸各面向的學習，讓他們全方位的快樂成長。

我是個熱愛體育的人，棒球桌球籃球高爾夫球我都打，所以女兒在學校打籃球時，竟然每天都只有我一個家長去

陪。這就是我對台灣教育的質疑，小孩子教科書讀得太多，卻全集中在國語數學，小孩的細胞全耗損掉，卻什麼都沒學到；教育部喊出「推廣三三三運動」，但一週體育課少得可憐，做完操就下課，更嚴重的問題是：孩子如果不打球，怎有人看球賽？體育賽事怎有人口？體育產業又如何蓬勃發展？

台灣太強調小孩的智育競爭力，忽略了體育和藝術文化的培養薰陶。你想想，北歐小孩在中學之前花在教科書和課業的時間，只有台灣學生的五分之一不到，「但長大後他們有比較笨嗎？競爭力比較差嗎？」答案不是呼之欲出了嗎？學歷真的很重要嗎？我的母親沒

第 53 鄉 · 第 57 場 96.10.17 連江縣北竿鄉 · 北竿中正堂 220 人 贊助：中華電信
第 54 鄉 · 第 58 場 96.10.18 連江縣東引鄉 · 東引國中小 220 人 贊助：中華電信

有漂亮的學歷，但我卻覺得她懂的人生義理、人情世故，比博士都還要高深偉大。

紙風車319藝術工程的意義，在於把藝文活動的餅做大，增加欣賞的人口，台灣各鄉鎮都看過一輪，大家對藝術興趣就會多一點出來，把觀眾拉進來，各式各樣包括音樂美術等產業才會走出去。此外，參與公益的人越多，各式各樣的人都進來，就能帶動很高的加乘效果，民間的執行力量，也比等著政府來幫忙效果又好又快。

我希望，每個小孩都能健康長大，懂得人情世故。學業上有個基礎程度就好，上大學可再往專業鑽研，或透過網路自學即可；但重要的是，努力就有希望，保持樂觀的心，儘管城鄉之間的資源有所落差，但就算匱乏，也永遠不要失去樂觀。

> **給孩子的一句話：**
> 努力就有希望，保持樂觀的心，就算匱乏，也不要失去樂觀。

第55鄉 · 第59場 96.10.20 連江縣南竿鄉 · 南竿介壽堂 630人 贊助：中華電信
第56鄉 · 第60場 96.10.24 嘉義縣大林鎮 · 平林運動公園 3000人 贊助：施茂林、陳明文、莊春林文教基金會、簡陳素圓、黃偉賢、大林旅北同鄉會、簡素玉、陳明文、吳德權

感動，八級落山風也吹不走

財團法人浩然基金會執行長　林明宏

　　1978 年，為感念父親殷鑄夫當年在東京成立「浩然廬」作育英才，殷之浩先生於台北成立「財團法人浩然基金會」，在人文、藝術、科技、環保及慈善等領域默默耕耘；他的女兒殷琪傳承使命並成立美國分會，將浩然精神進一步推向國際社會。

　　長期關注南投鄉村 921 重建及偏遠地區孩子的「浩然」，認同紙風車藝術巡演理念，從 2007 年開始，每年贊助多場演出，已支持包括南投信義、仁愛及中寮鄉、台中新社鄉、花蓮秀林鄉、屏東三地門、霧台、來義及滿州鄉、高雄縣桃源鄉等場次。

　　我們對紙風車的既有印象是一個兒童劇團，直到知悉 319 鄉村兒童藝術工程，這才發現，兒童劇也可以用不同的方式走入台灣 319 個鄉鎮。合作之前，他們對 319 的性質、計畫與想法說明得很仔細，我覺得將案子交給紙風車應該是可以放心的，於是有了長期的互動。

　　在考量支持哪些鄉鎮的時候，「浩然」優先想到的，當然是這幾年關注的地區，特別是南投縣信義鄉的潭南國小。在 921 地震時，大家很熱心認養不同學校，也看到不少有意思的設計，但過了幾年卻逐漸產生維護問題，因為大部分的捐款單位將學校蓋完就走了，但

第 57 鄉 · 第 61 場 96.10.27 台東縣卑南鄉 · 初鹿農場 2500 人 贊助：財團法人克緹文教基金會
第 58 鄉 · 第 62 場 96.10.28 台東縣池上鄉 · 牧野渡假村 1500 人 贊助：台灣糖業公司

第 59 鄉　‧　第 63 場　96.10.30　南投縣仁愛鄉　‧　仁愛國小　800 人　贊助：財團法人浩然基金會
第 60 鄉　‧　第 64 場　96.10.31　南投縣埔里鎮　‧　埔里國中　2000 人　贊助：李林貴美女士

對經費資源有限的這些學校而言，維護卻是很大的負擔，我們觀察到這一點，對潭南等學校一直保持後續的關心與協助，所以參與 319 的第一站就想到潭南國小，而考慮可能下雨等天候因素，後來選擇在信義國中的室內場地演出。

那場活動相當成功，當你看到小朋友那種眼神與笑容的時候，就覺得，整個贊助是值得的。以南投縣信義鄉為起點，「浩然」每年都參與 319 兒童藝術工程，選擇贊助對象之前，我們會先了解當時各鄉鎮認養狀況的資料，將認養比例較少的列為優先考量，因為有些鄉鎮只募到幾百、幾千，距離三十五萬元的目標實在太遙遠了；有時則參考紙風車的建議，補足那些只差幾萬元就可以演出的鄉鎮。我倒是沒有想過自己從哪邊來，巧合的是，在衡量讓偏遠地區孩子早日圓夢的原則下，故鄉屏東的幾個鄉鎮後來也成為我們贊助演出的對象。

我在看表演的時候，比較在乎的是我們的對象──也就是小朋友們的反應，而演員與觀眾互動的高潮迭起，正是 319 最令人印象深刻的部分，表演者絕對不是遙不可及的，他們知道，用什麼樣的方式可以貼近觀眾，大型動物的賽

第 61 鄉 · 第 65 場 96.11.02 高雄縣路竹鄉 · 國昌路夜市 2000 人 贊助：八卦寮文教基金會
第 62 鄉 · 第 66 場 96.11.03 彰化縣鹿港鎮 · 鹿港鎮停六停車場 2500 人 贊助：財團法人智榮文教基金會暨各地鄉親

跑互動也讓活動更為精采。例如在屏東滿州那一場，既下雨，又刮著八級的落山風，可是小朋友根本不想走，劇團也很貼心準備簡單的雨衣，儘管天候如此惡劣，可是大家的歡樂與感受卻一點也沒有減損。

在舞台表演之外，我對紙風車的最大感動，是幕後籌備過程的慎重，以及工作同仁的辛苦。小時候住在廟宇附近，有歌仔野台戲的時候，就拿個小板凳跟阿公阿嬤坐在那邊看戲；為了搶占比較好的位置，有時必須提早到，無聊的我就跑到後台，看演員在那裡上妝、注意到有人負責煮飯、觀察誰在打什麼樂器，對幼小的我來講，那就是兒童劇，因為它帶給我歡樂。319 工程將藝術帶入孩子的生活，貼近我小時候看戲的經驗，而帶給孩子歡樂的演出背後，也如同當年我在後台所發現的，有那麼多不為人知的揮汗秘密。

籌備過程中，千里迢迢去會勘、找場地、架設舞台道具，當然非常辛勞，但他們那種非要達成使命的拚勁，更令我佩服。屏東滿州演出那天，我先搭飛機到屏東，租了一輛摩托車，一騎就發現落山風真的很驚人，騎到一半都快飛走了。演出的時候，工程背景出身的我，雖然目測風向跟安全距離是 OK 的，但是很能體會風大到快要將演員吹走的感覺，猜想他們的忐忑不安應該比我還要強烈吧？看到紙風車動員工作同仁在那裡拚命拉住布幕，我甚至忍不住想，要不要上去一起幫忙拉啊？

我相信，同樣情形如果發生在台北，家長可能很緊張，小朋友也開始緊張，然後大家就不知道接下來該怎麼辦？可是，當地小孩就在那樣的環境長大，不覺得落山風有什麼特別。當天在那裡，一切都那麼自然，這就是他們的日常生活，而紙風車所做的，正是用盡各種方法，努力讓藝術走入孩子的在地生活。

回到 319 兒童藝術工程的本質，在乎的是孩子的感動，我很佩服紙風車走了五年，而且即將完成，在這個過程裡，辛苦無法言喻，但隨之而來的收穫必然同樣豐碩。不同的鄉鎮、不同的特質，各鄉鎮走透透的演員與工作同仁，別有各種滋味在心頭吧？

給孩子的一句話：
孩子，開心就好。

第 63 鄉・第 67 場 96.11.04 彰化縣二林鎮・二林高中 1200 人 贊助：長工會、陳芃蓉老師等人
第 64 鄉・第 68 場 96.11.07 雲林縣土庫鎮・土庫國小越港分校 1200 人 贊助：林小姐

今天我撒下這粒種子，
明天請你來撒下一粒種子！

國票金融控股公司董事長　洪三雄

　　紙風車319鄉藝術工程啓動後，有一天我和吳念真、李永豐、柯一正等人相約吃飯。席間，我聽到李永豐提起阿里山的那場感人演出，當下覺得，這真是一件有意義而值得參與的事。但是，我心深處卻想著：文化人都有一種毛病，想法很多，講的也很多，但做的和講的總是落差很大……（大笑！）

　　在半信半疑之下，我決定先試著捐助一場表演，並且拍板選定我的故鄉：彰化縣北斗鎮。

　　開演那天下午，我和太太陳玲玉（編註：國際通商法律事務所主持律師）一道南下，因為想利用晚餐時間和太太去吃老家的肉圓，兩人約好「去露個臉、探個頭，一兩分鐘就走！」萬萬沒想到，我們一踏入北斗國小，就發現攜老扶幼的人群已擠滿操場，有的是小孩牽大人，有的是老人帶小孩，無論男女老少，臉上都同樣散發著金錢買不到的期盼。在座無虛席之中，我們找到事先由工作人員保留的兩個位置坐下之後，立

第65鄉 · 第69場 96.11.09 新竹縣竹東鎮 · 仁愛停車場 1200人　贊助：明泰科技文教基金會
第66鄉 · 第70場 96.11.10 台中縣大雅鄉 · 大雅國小 1800人　贊助：長工會

即融入整個歡樂滿溢的情境，直到散場都捨不得離去。原本只是孤注一擲的贊助，卻因此有一就有二、有二就有三的不斷加場下去！

　　紙風車劇場的魅力，從司儀報幕的那一瞬間就隨即展開！面對著開懷大笑的童顏，讓我回憶起小時候巷子口的戲院老闆，他總是在散場前十分鐘，把後門打開，讓買不起票的孩子們可免費進去看戲，這叫做「看尾場」。老闆為我們打開後門的那種感動，直到今天仍然烙印在我心中。沒想到這個數十年來已找不到的、不用買票就可以看戲的場景，竟然在紙風車的 319 工程中重現。這讓我得到一個啓示，凡是有意義的事情，都應該努力將它付諸實現；而且，「化成行動，才有感動」「不花錢的，比花錢的更令人感念」。

　　看完北斗表演之後，我儼然成了「紙風車 319 下鄉」的代言人。只要抓到機會，我太太和我總是對親朋好友廣為宣傳紙風車演出時孩子們的笑容。結果，

第 67 鄉　・第 71 場 96.11.11 苗栗縣苗栗市　・大倫國中 900 人 贊助：紀念羅松欣先生、羅律煌、謝翰林、李秋萍
第 68 鄉　・第 72 場 96.11.14 高雄縣湖內鄉　・慈濟宮廣場 1800 人 贊助：八卦寮文教基金會

包括基泰營造董事長洪清森、趨勢科技創辦人陳怡蓁、台灣產物保險董事長李泰宏、美亞鋼管董事長黃春發等人都紛紛加入贊助的行列。更有趣的是，在朋友閒聊之間也經常發現，像聖誕燈大王揚星公司董事長潘文華等一些好友，原來也在默默地、熱心地為紙風車賣力。

「紙風車319下鄉」給我的另一個啓示是，「與其抱怨，不如還願」！孩子對藝術表演的需求，是沒有城鄉差距的。我們與其抱怨，政府對偏遠地區孩童的藝文培育不周，不如自己挽袖去

做。何況，有能力者取之於社會，還之於社會，本是理所當然。民間的力量的確可以讓這個社會更和諧、更圓滿。

我六歲就離開北斗，對故鄉的印象已經很模糊。但是讀初中時所繳的學費，全是媽媽買菜省下的零錢，「我抱著一堆銅板去註冊，而不是帶著一疊鈔票」的情景，卻至今猶在眼前。因此，當我知道，紙風車規畫的一場三十五萬元的演出成本，其實是不敷支用時，我便陸續支持了十幾場的行政費。因為我能理解，文化人對金錢的掌控經常不夠精

第 69 鄉 · 第 73 場 96.11.16 基隆市 · 普羅旺 工地 600 人 贊助：欣偉傑建設股份有限公司
第 74 場 96.11.17 雲林縣水林鄉 · 水林國小 3000 人 贊助：水林旅北鄉親

確；我更能體會，紙風車的伙伴們想要做事卻阮囊羞澀的艱辛。

紙風車的第一哩路已經轟動而圓滿地完成了，我很慶幸曾經參與其中。我衷心期盼，紙風車的活動能夠一直持續下去，經驗可以複製，內容可以更創新、更精采，以便把歡笑與藝術帶給更多的孩子們！這正是紙風車完成第一哩路之際所應面對及迎接的下個挑戰！

猶記北斗演出那天，我在開場時向在場的孩子們說：因為我很認真念書並且努力打拚事業，所以才有能力賺了一點錢來回饋故鄉。希望你們也要好好念書，讓自己成長、茁壯，「今天我撒下這粒種子，明天請你來撒下一粒種子！」我要把這句話送給那天不在場的孩子們！

給孩子的一句話：
今天我撒下這粒種子，明天請你來撒下一粒種子！

第 75 場 96.11.17 台北市 · 社子 2800 人 贊助：周守訓後援會
第 76 場 96.11.18 雲林縣虎尾鎮 · 安慶國小 2500 人 贊助：吳萬看校長

勇於追求夢想

聯安預防醫學機構總經理 李文雄

　　也許，很多人覺得「紙風車319鄉村兒童藝術工程」只不過是一群人癡心妄想的一個浪漫點子。但它卻具有很大的社會意義，包含了單純的歡樂共享、勇敢的追求夢想，更有「鮭魚返鄉」的社會意涵！

　　我是雲林縣北港人，北港向來是迎神祭祖的重鎮，熱鬧的聚會很多，交織成我童年的重要回憶。我念大學後北上生活到創業，現在回想才發現，「啊，我離開家鄉的時間，比待在家鄉的時間還久了！」很多記憶是根深柢固的，原來，每個人的心中，都有個「原鄉」。

　　從鄉下到台北，在人生的第一個階段，我卻拚命只想把根「切割」。當時進台大政治系，班上同學有四成以上是建中北一女畢業，南部來的我們，似乎矮人家一截，台北人擅長表達，讓我充滿挫折，我拚命想遺忘故鄉的一切，只希望迎頭趕上。

　　其實，故鄉的力量，給人的是生活的韌性，在一連串接受挑戰、改變創新適應後，我進到第二個階段，那就是重新思考。小時候，每年農曆3月19日，是家鄉準備媽祖遶境的大日子，家家戶戶門口擺席請客，親戚朋友全都在，整個鎮上瘋狂放鞭炮，「我家出兩桌，你家出三桌，有人拜神生日，有人在外地賺了點錢回鄉酬神，光是鎮上至少有八、九個團，有歌仔戲、布袋戲輪流尬

第70鄉‧第77場 96.11.23 高雄縣茄萣鄉‧茄萣國中 1300人 贊助：八卦寮文教基金會
第71鄉‧第78場 96.11.24 南投縣集集鎮‧集集國中 2500人 贊助：優樂集、集集社教站陳昭煜先生及全體會員

戲，賣膏藥的、打香腸的，集合成為一個市集……」

「在台灣，看戲其實是個很重要的儀式。」那是鄉里之間、長幼之間一起參與的一個期待；但現在，卻變成了電子花車、線上遊戲這些東西。越現代，越沒味道，少了人的參與，感情互動淡了，距離變得很遙遠。就在這個時候，我接到了簡志忠的邀請。

本來，大家都半信半疑，覺得這只是個理想吧！但我靜靜回想，北港雖有祭典，卻不曾有過一個大型的表演活動。歡樂的氣氛突然從我心中油然而生，也許你早已遺忘故鄉，但你會想起小時候某一個 Moment，這個時刻會在以後的

人生旅途中，給予生命的能量！於是我和美國仔說，企業贊助應讓更多的人一起來感動，少邀政治人物，哪一場還差一點，我們就來補，讓原鄉人共同參與，事業上有點成績的人，共襄盛舉來回饋家鄉，這何嘗不是現在大家不停呼籲的一種「鮭魚返鄉」運動？

贊助紙風車 319，好像大家一起買門票，意義在於參與，讓台灣社會的文化運動，因為大家臨門一腳，變得容易一些。我笑說，這活動後來變成簡志忠和球友的「置入性行銷」，每次打球就聽到誰又捐了這一場，誰捐了那一場，大家捐的地點、提的建議都不一樣。我很訝異這麼多人參與，「三十五萬不但變

第 72 鄉 · 第 79 場 96.11.25 南投縣草屯鎮 · 國立台灣工藝研究所 1200 人 贊助：長工會
第 80 場 96.12.01 新竹市 · 新竹市立體育館 3700 人 贊助：台灣玻璃工業公司

得很有意義，我們找回的，其實是一場被遺忘了的迎神賽會！」

　　紙風車在雲林縣北港登場那天，我以此紀念過世的父親，母親也從中得到很大的安慰。似乎冥冥中注定，當天我因為帶小孩到非洲肯亞看動物大遷徙，演出前一刻，才從機場直奔北港，媽媽原本擔心颱風來臨會喊停，又怕我們趕不上演出，一顆心七上八下，但到了現場，大夥兒攜家帶眷，連政治人物都來了，我在美國讀書的小孩也去當義工、排椅子、發雨衣，很難得的是，台灣中南部的地方上，竟然會有一個全體總動員的盛事，「而這件事情還和政治無關！（大笑）」

　　對小孩來說，這也許是一場戲劇表演；但對我們大人來說，我們的感動遠大於小孩。台灣應有更多的文化，讓藝術家活得有尊嚴，從掌聲中回到回饋，在這樣的感動中，沒有人是輸家。

　　我心想，搞不好這是一條可以經營的路，「文化可以虛無飄渺，風吹了就散了，但也可以玩成這樣大！」所以要看的是，你的心願有多大？而不是你的

第73鄉・第81場 96.12.02 雲林縣西螺鎮・西螺農工活動中心 2700人 贊助：西螺鄉親及支持西螺的朋友
第82場 96.12.07 台北市・大同區 2500人 贊助：周守訓後援會

力量有多大，有了心願你就會去召喚力量，也許不知道何時發芽，何時遍地開花，但企業界應多做一點，且讓文化運動可以繼續一百場、兩百場、三百場的「攻城掠地」下去。

紙風車投入八八風災公益，一週年聚會時，大家感動得痛哭流涕，我說，「這到底是什麼傳銷大會，還是什麼宗教啊，大家搞得哭哭啼啼的！」哈哈，這代表，人的心裡底層，都有一塊愛的角落，它不一定是炫麗的，卻讓台灣多元價值得到肯定，這對台灣多元文化是一個重要的動力。

319鄉鎮藝術工程還未結束，它只是正在連結下一個善心、創意和反省！所以，多探索人生、勇於追求夢想吧！小孩最棒的無非就是夢想，給孩子足夠的愛，善的力量才會戰勝惡；讓你淚光閃閃的東西愈多，加諸在孩子身上的壓力就會變小。

千萬不要小看了這一場戲，不要小看演這場戲的人，以及看這場戲的人。

給孩子的一句話：
勇於追求夢想，小孩最棒的無非就是夢想！

演出紀實

讓歡笑充滿山間

96.10.30 南投仁愛

兩天的南投之行今天開始囉～

第一天大夥兒就不畏中部的熱天氣，開心的出發到仁愛鄉仁愛國小。這是一個原住民小學，不管是老師學生、大人小孩都有夠給他熱情的啦！看這群小朋友跳舞的樣子就知道啦！戲還沒開始演，小朋友就擠在欄杆上湊熱鬧囉！

發祥國小校長、老師都出動，花一個小時開著小車把這一拖拉庫的學生一車一車帶到演出現場來，真是讓我們太感動了！

節目即將開始，當我們正開心的等待今晚的演出時……下雨啦！

小朋友們冒雨吃便當，工作人員趕緊發預備好的雨衣給大家。（好家在我們行政很細心的有準備雨衣啦～哈哈！）

雨只下了二十分鐘，好險！不過卻苦了這些演員，摔的摔，跌的跌，不過他們太有敬業精神了，跳舞跳得比平常更賣力！

巫頂哥哥連床倒了都叫不起來耶！

第 77 鄉 · 第 87 場 96.12.21 雲林縣斗六市 · 斗六環保運動公園 600 人 贊助：日統客運公司及全體同仁
第 78 鄉 · 第 88 場 96.12.22 嘉義縣新港鄉 · 新港公園民俗表演場 1200 人 贊助：許景河

場地相當精緻，不過舞台到控台的距離有點短，於是這些狗狗來回多跑了好幾趟～（演出前大夥兒還在討論要不要把跑道改成橫的咧！）

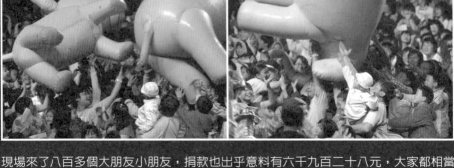

現場來了八百多個大朋友小朋友，捐款也出乎意料有六千九百二十八元，大家都相當熱情呢～（國小對面的仁愛高農還暫停晚自習，帶領三百五十位師生一同來看戲喔！）

讓歡笑充滿整個山間小道，留給大小朋友一個難忘的回憶。

第 89 場 96.12.23 高雄市 ‧ 左營福山國小 1500 人 贊助：魅力台灣推廣協會
第 90 場 96.12.26 高雄市 ‧ 楠梓加昌國小 2500 人 贊助：魅力台灣推廣協會

結束後，仁愛國小校長還熱情辦桌請所有人吃原住民特產了ㄟ。還拿出壓箱寶：用虎頭蜂浸泡的酒（聽說喝了會長鬍子，哈哈哈）。

這麼美麗又熱情的鄉鎮，難怪連阿欽都忍不住要大聲說……

319鄉村兒童藝術工程小組努力吧～～

讓台灣每個大朋友小朋友都可以看到我們精采的演出！

第91場 96.12.28 基隆市 · 西定國小 1200人 贊助：財團法人邱再興文教基金會
第92場 97.01.04 台南縣歸仁鄉 · 歸仁國小 1500人 贊助：財團法人紅瓦厝文教基金會

在孩子心中打開想像的天空

美商摩根大通銀行〈J.P.Morgan〉企業金融執行董事
汪慧玲

2007 年，摩根大通銀行第一次贊助紙風車的活動，那是一個颱風天的午後，在新竹縣尖石鄉偏遠的山上，雨勢不小，警察一再勸說大家下山，紙風車還是堅持演出，讓山裡來的小小觀眾盡興而歸。這種熱情感動了我們，我和銀行的義工伙伴決定一起陪伴到最後，而 J.P.Morgan 也決定長期贊助這件充滿意義的志業。

原本，J.P.Morgan 總公司就有一個慈善基金會「J.P.Morgan Foundation」，針對各國兒童教育、藝術文化與在地社區發展三個區塊給予贊助，紙風車兒童劇團的發想與成績，串連了這三個基金會關注的面向，因而接受了台北分行的提案，於 2008 年贊助一年一百六十七萬元活動費用，迄今已贊助超過九百八十九萬元；除經費的挹注外，鑑於紙風車劇團演出時工作繁重而人員簡約，高層還鼓勵同事們積極投入志工服務。

於是，四年下來，由摩根大通贊助的十九場紙風車演出，不管是在山上部落，或是偏遠離島，我和公司同事都會到現場擔任志工。在蘆洲第一百場次，公司台灣區總裁錢國維也一起投入志工行列，加上熱情的家屬，大家一起幫忙搬椅子、收拾場地，在實作的參與中得到快樂，以及意義的具體展現。

回到公司，我們快樂的志工還會把利用例假日參與活動的心得寫下來，刊載在內部刊物《J.P.Morgan View》上，與五百三十多位同事分享，每年，我們還會製作大海報，將喜悅的影像與足跡做成難忘的回憶。轉動紙風車，已經是摩根大通員工共同記憶中鮮活的一頁。

在紙風車經驗中，我們不是只有單向付出，甚至，當我看到紙風車團員們在台上認真賣力地表演，再看到台下孩子們專注的神情和開心的笑容，更多的回饋已然充盈我心，我想公司的捐款不只成就了紙風車的志業，也豐富了員工志工的生命，紙風車兒童劇團在每個小朋友心中播撒的，是一顆顆豐沛無限的希

第 79 鄉 ‧ 第 93 場 97.01.19 宜蘭縣宜蘭市 ‧ 力行國小 1500 人 贊助：財團法人林燈文教公益基金會、財團法人中興保全文教基金會
第 80 鄉 ‧ 第 94 場 97.01.20 台中縣石岡鄉 ‧ 萬興宮 1400 人 贊助：長工會

望種子，在贊助人心中扎根的則是服務回饋的充實與喜悅。

摩根大通支持偏遠地區的演出，為的就是那一張張發自內心的笑容，以及透過戲劇埋藏在孩子心裡對生命的想望，在城鄉貧富差距依舊懸殊，文化資源相對匱乏的偏鄉，藉由生動精采的戲劇表演，盡一點縮小與添增的努力，也鼓勵這些文化資本弱勢的孩子：「你也可以懷抱夢想，不要放棄，你就有機會的。」

紙風車的魅力和影響，對我，以及許多家庭來說，也是全家人共同成長的歷程。感人的情節，在每次演出的台上台下，不斷發生，我印象深刻的是，有一對老師夫婦在看完團員們精采的演出和孩子的熱情回應後，走過來感謝我們能夠贊助這麼有意義的文化活動，給小朋友更多成長的機會，當下讓我感動莫名，也慶幸在景氣欠佳的過去幾年，摩根大通能夠持續對紙風車的贊助。

回憶起參與的點點滴滴，都是我無形的收穫，心想紙風車的多元文化刺激，在多少孩子的心中打開了想像的天空？那在319個鄉鎮不斷運轉的紙風車，又已點亮了多少盞希望之燈，啟發了多少未來台灣的希望？

第81鄉 · 第95場 97.02.16 台中縣新社鄉 · 新社衛生所前廣場 2500人 贊助：財團法人浩然基金會、陳奕勇、玩樂室內樂團
第82鄉 · 第96場 97.02.17 台中縣大里鎮 · 大里高中 2500人 贊助：鋒益塑膠企業有限公司

我的家鄉樹

鎰勝工業董事長　黃子成

　　一開始，大家聽到「319」這個字眼很敏感啊（哈哈），接著很好奇，後來知道原來指的是台灣319鄉鎮，馬上勾起對故鄉的情懷，覺得義不容辭。我們南部草地人嘛，對鄉下感情特別深厚，不像都市，沒有根的感覺。

　　我是台南安定人，家鄉叫做港口村，因為很久很久以前曾經是港口，船隻早期可以沿著曾文溪開到麻豆。我太太當年回嘉義報告父母說，男朋友老家住在安定港口村，當公務員的岳父還以為我是討海的，馬上舉雙手反對，解釋之後才明白，港口村早就不是港口，而我也不是抓魚的啦。

　　我從母校南安國小畢業四十多年，長期出外發展，但這些年透過校方發放清寒獎學金，一直保持互動；我小學時期的兩位恩師還在，逢年過節都會向他們請安。不過，我們這年紀的人難免近鄉情怯，所謂「少小離家老大回，鄉音無改鬢毛衰，兒童相見不相識，笑問客從何處來？」那天在南安國小的演出請我上台，其實是多年來第一次在故鄉公開露面，真的很開心，也感觸良多。

　　人生嘛，零歲出廠；十歲快樂成長；二十歲為情徬徨；三十歲很重要，因為要「基本定向」，確定自己走什麼樣的道路；四十歲拚命開創；五十歲要回頭望一望；六十歲告老還鄉；七十歲可以搓搓麻將；八十歲就每天曬曬太陽；到了九十歲大概要躺在床上；一百歲就掛在牆上囉。年輕的時候想環遊世界，上了年紀卻思念故鄉，那也不妨多想想，可以為自己的鄉土做些什麼呢？

　　台灣的社會資源分配不均，都市錦上添花、偏遠地區卻什麼都沒有，像我故鄉這樣的村莊尤其嚴重。三合院的老家剛好是我出生那年蓋的，現在還固定請人打掃維護，可是以前旁邊有小溪、水塘，小時候經常在那裡抓魚，後來卻是前面有違建、後面有違建、左邊右邊都有賭場，而讓曾文溪出名的，竟然是盜採砂石！幸而，這幾年社會風氣慢慢在改，文化的東西漸漸出來，類似319這樣的活動也有人推動了，將資源帶到最需要的鄉村，讓我們又多了一點盼望。

第83鄉・第97場 97.02.23 彰化縣花壇鄉・學前路夜市廣場 3000人 贊助：花壇國際獅子會
第84鄉・第98場 97.02.29 台南縣新化鎮・新化國小 1600人 贊助：郭兆祥先生及陽明海運各地員工

　　那天在安定有幾千人看戲,孩子們坐在地上,那種笑容好有意思;賣東西的小販也很可愛,這場多少人、下一場要去哪裡,他們都如數家珍,都會主動上網去看「紙風車」的訊息,跟著跑透透。其實,母校的校舍變化很大,連司令台都改建了,只是位置還一樣而已,但我看著看著,就想起第一次在這個操場看表演的情景。

　　那是民國 49 年、我四年級的事了。當時,南部有個規模很大的襄陽演習,軍隊駐紮在學校,一住就兩個多月,白天他們去曾文水庫練習如何搶灘,週六晚上有藝工大隊表演勞軍,都是愛國歌曲,十歲的我偷偷跑去看,太晚回家還被罵了一頓。319 那天,剛好在同樣的場地演出,專門為孩子設計的內容很不同,我看表演的心情也不一樣了,只有內心的歡喜一點都沒變。

　　這幾年我學會種樹,種樹很有趣味,對樹好,它就好。希望樹木挺拔茂盛,當然不能栽植在滿是石頭的惡劣環境,也不是表面灑灑水而已,必須在土壤深層對樹根施肥、灌溉,它們才能夠好好往上長;人也是一樣的,基礎扎穩了,就有獨立成長的機會。對於這代台灣孩子的成長,319 的歷史要記上一筆,未來的永續工作,就要靠大家努力了。

給孩子的一句話:
讓孩子幸福是我們共同的願望,
明天會更好,要靠大家作伙打拚。

第 85 鄉 · 第 99 場　97.03.01 南投縣中寮鄉 · 中寮國小 1500 人 贊助:財團法人浩然基金會及各界熱心人士
第 86 鄉 · 第 100 場　97.03.05 台北縣蘆洲市 · 成功國小 3000 人 贊助:美商摩根大通集團及各界熱心人士

本土情 · 歡喜心
欣伯國際有限公司董事長 許景河

我們與紙風車結緣，要從本土文化說起。

一個國家是不是先進、社會夠不夠進步，文化是最重要的指標。我太太（林彩荔）向來支持台灣本土文化，她深深被廖瓊枝老師傳承經典歌仔戲的熱忱所感動，因為支持廖老師，結識尊稱廖老師為「阿姑」的唐美雲，也長期奧援美雲的劇團。有一天，美雲提起我們平日就曾聽聞的紙風車，這段因緣又牽到李美國身上，我覺得紙風車的精神和美雲他們很相似，就是「明知不可而為之」，這正是台灣最需要的，基於認同這樣的理念，而有了嘉義新港的第一哩路。

我的故鄉是雲林北港，但因為已經有人支持那裡的場次，所以選擇太太的故鄉新港。她對本土文化的支持比我還深，參與319活動來自她的因緣，請她家鄉的孩子看戲也是名正言順的。當天，我們與親友從各地回到新港，看到劇團的年輕人到處廣播放送宣傳，還開著車子，一個庄頭、一個庄頭載孩子們來看戲，實在很感心。

最難忘的，當然是孩子們看戲的表情，讓我想起自己小時候看戲的「歡喜心」。以前看歌仔戲是在戲園，我們這些囝仔當然付不起戲票錢，因為家裡可能頂多給你兩角或五角，都拿去買糖果餅乾，剩下就沒了，怎麼可能存錢看戲呢？家長也不是對孩子刻薄，而是當年大家的經濟都不算富裕，又覺得孩子看不懂文言的戲曲，只是喜歡舞台嘰嘰喳喳的熱鬧，所以就鼓勵我們等著最後十來分鐘「開中門」看免費的表演。

我還記得，最後的十來分鐘，戲院的中門打開，我們這些沒錢的小孩就等那十分鐘、十五分鐘，也是看得好開心，尾聲的戲曲通常最精采了，特別是武戲，乒乒乓乓好吸引人。其實，古早的戲碼沒那麼多教育意義，演來演去不是陳三五娘，就是包公審案、楊家將，但孩子們無論看懂沒，就是一個歡喜心，覺得有戲可看就很滿足了。紙風車的故事簡單易懂，孩子除了歡喜、看得懂，最重要的是可以學到東西，我相信，除了巫婆讓他們印象深刻，台灣土狗小黑

第87鄉 · 第101場 97.03.07 台南縣六甲鄉 · 六甲國小 2500人 贊助：南六企業股份有限公司黃董事長清山先生
第88鄉 · 第102場 97.03.08 屏東縣南州鄉 · 南州鄉運動公園 3000人 贊助：南州鄉鄉民及各界熱心人士

競賽的自信心、唐吉軻德再疲憊也不放棄理想的英雄故事，都具有正面的影響。

我認為，戲劇是深耕文化的重要基礎，一個國家的水準到哪裡，往往從他們的戲劇就可以看得出來。我們從1986年旅居國外，在澳洲住了近二十年，那是一個相對成熟文明的平等社會，就算州長也沒什麼特權；平等，才能培養素質平均的國民，我們在澳洲、英國倫敦看到，即使是基層的小老百姓，也願意以月收入的十分之一去看戲，這就是從小養成的文化習慣。世界上還有許多階級分明的國家，例如印度，富的很富，什麼樣的享受都有，最基層的人卻什麼也沒有、什麼都不懂，而中國社會的士農工商也同樣是一種階級意識。

不平等的國家，基層人民都忙著討生活，無法接觸知識性或文化性的事物，這樣的社會是很難成熟的。我們回來台灣之後，發現台灣這些年慢慢在轉變，以前是集權專制、對文化的壓迫很深，對文化有心的人無法做事，而且即使有心也沒有足夠的經濟基礎，大家只能做生意、開工廠；如今，整個社會逐漸變得向善、向上，這是很好的現象。

因此，我很贊同紙風車的作法，讓下一代從孩童時期就接觸好的戲劇，這是深耕文化的重要一步。我也期盼，在這個過程裡，應該更鼓勵家裡的長輩陪著孩子一起來，無論是阿公阿嬤、爸爸媽媽或者叔叔阿姨都好，那種囡仔跟著大人去看戲的親情與互動，必然會產生更大的力量。

> **給孩子的一句話：**
> 透過紙風車的表演，台灣孩子建立自信、學習小黑土狗與唐吉軻德的奮鬥精神，未來一定可以在國際舞台出人頭地，一代比一代更好。

第89鄉 · 第103場 97.03.09 屏東縣東港鄉 · 東港國中 2000人 贊助：中華航空公司、東港社區藝術發展協會以及各界熱心人士

第90鄉 · 第104場 97.03.26 台北縣雙溪鄉 · 雙溪高中 1000人 贊助：中華航空公司及各界熱心人士

現代唐吉軻德

春迪企業股份有限公司董事長　陳茂仁

禮堂裡的人才坐定，一片寂靜中，一個身穿盔甲的騎士忽然從觀眾席後方跑向前，揮舞著寶劍大喊：「我就是最愛冒險的唐吉軻德！」

在四方漫起的煙霧中，看著小朋友幾乎要從座位上跳起來，每對圓睜的眼睛裡滿是期待與驚嘆，相信所有曾盡一己之力，推動讓這齣經典劇目——紙風車《幻想曲》在自己故鄉上演的人，都會和我一樣有種「人生如此，夫復何求」的感嘆！

孩子們天真無邪的笑容是無價的！能在這個就像海綿一樣不停吸收成長的階段，用寓教於樂的方式，把很多正面的價值敲進他們心裡，更是千金難換！所以，在有幸成為319鄉村兒童藝術工程的發起人後，「賣血、標會也要支持」就成為我的口頭禪，這其中當然有點開玩笑的成分，因為三十五萬的費用說多不多，照理來說應該是任何人有心就攢得出來的。

而在所有劇目中，我最喜歡的也是這齣《幻想曲》，或許是因為每次看著唐吉軻德以「追求夢想」為名，不畏旁人的嘲笑，堅持種種不合時宜、近乎偏執的作為，都勾起許多童年的記憶。

還記得國小升四年級那年，我曾經在學校辦公室外又哭又耍賴地待了一下午，就為了編進一個明星老師的班級。後來回想起來，總覺得自己實在欠考慮，不懂人情世故，也沒考慮到其他老師的感受。但無論如何，幸好我當時這樣做了，才能在三年後順利考上彰化初中。

第 91 鄉 · 第 105 場 97.03.29 花蓮縣秀林鄉 · 公所前廣場 1500 人 贊助：財團法人浩然基金會及各界熱心人士
第 92 鄉 · 第 106 場 97.03.30 台中縣東勢鎮 · 東勢國小 3000 人 贊助：管氏企業機構會長管奕欽先生

第 93 鄉 ‧ 第 107 場 97.04.12 嘉義縣太保市 ‧ 嘉義縣政府前花園廣場 4000 人 贊助：社團法人嘉義縣志願服務協會
第 94 鄉 ‧ 第 108 場 97.04.17 金門縣烈嶼鄉 ‧ 列嶼鄉體育館 650 人 贊助：中華電信

　　物資極度貧乏，目標卻相對單純，相信是許多成長於 40、50 年代的人共同的記憶。「散赤郎（窮人家）的囝仔，不是變成大頭家（老闆），就是去做大流氓。」是當時咱們彰化田尾流傳的一句順口溜。

　　很幸運的，或許是受到爸媽在困苦中，總是維持樂天的個性影響，讓我最終選擇了前一條路走。

　　還記得小時候每到了月中，餐桌上最常出現的菜色就是「粥」，為了用少少的米餵飽發育中的六個小孩，讓老媽練就一手好廚藝，只要有幾瓣蒜頭、一點番薯籤或菜脯，就能變出一大鍋色香味俱全的什錦粥。而到了月底，米缸終於見底時，就是我出馬的時候了，因為長了一副討喜的臉，又總是笑口常開的我，是賒帳買米的最佳人選。

　　考上成大機械系那年，老媽特地辦了一桌「八湯一菜」的好料宴請親朋好友，為了讓十坪大的土角厝看來稱頭些，還特地用月曆糊滿牆壁。後來還是在同學好奇提問下，我才知道原來別人家請客的菜色都是「八菜一湯」，而不是「八湯一菜」哩。

　　而身為公務員的老爸，一生奉公守法、清廉正直，唯一一次鋌而走險，就是為了籌措我的大學學費。由於在大學報到前幾天，我的學費仍然沒有著落，

第 95 鄉　‧　第 109 場　97.04.18　金門縣金寧鄉　‧　金寧國小　1000 人　贊助：中華電信
第 96 鄉　‧　第 110 場　97.04.19　金門縣金沙鎮　‧　金沙國小　1000 人　贊助：陳文茜

有一天，老爸忽然突發奇想：「不如我去賭一把吧！」隨後就消失在夜色中，當天直到晚上三點半，才帶著四千塊大洋神秘現身。

我們全家都很納悶，從不沾賭的老爸是怎麼忽然變成賭神的，最終只能歸因於老天爺眷顧。但從此以後，我就立誓再也不跟家裡拿一毛錢。這也讓我在大學成了「獎學金獵人」，擁有多姿多采的打工經驗，這些刻苦的求學過程與工讀經驗，都是後來創業時的絕佳養分。

也因體認到──「教育是貧窮孩子唯一的機會」。自73年創業後七年稍有盈餘開始，我就定期捐款回饋母校，並秉持「七分哲學」的想法，也就是所有賺的錢，自己只有七分的使用權，其他三成則主要捐作教育用途，包含認養碩、博士生的部分學費，也包含像319鄉村兒童藝術工程這樣更深層的人文教育。

從故鄉田尾的第一場演出，到現在自命為這項藝術工程的傳教士，最大的原因是因這項藝術工程，不僅開啟了孩子的第一哩路，對於許多想為這個社會做點回饋的朋友，也是個很好的起點。

為了讓每個孩子都有夢想的權利，未來就必須有更多唐吉軻德加入，才能讓這具紙風車的力量更大，將這股風散布到台灣每個鄉鎮的各個角落裡。

第 97 鄉　‧　第 111 場　97.04.20　金門縣金湖鎮　‧　金湖國小　1300 人　贊助：盧同聖
第 98 鄉　‧　第 112 場　97.04.21　金門縣金城鎮　‧　金城文化局演藝廳　1500 人　贊助：劉筱琴

感覺自己是幸福的！

家庭主婦　王麗玉

　　兒子看戲後，很單純的一句話，啟發了藝術給我的震撼，更印證我對藝術的執著是對的……

　　我是個藝術愛好者，結婚生子後，更是帶著兩個兒子徜徉藝術活動，孩子既看戲也聽音樂，愛逛畫展更說相聲，老大三歲進劇場，老二則是兩歲進劇場看表演。我覺得，台灣的教育制度最大的問題，是缺乏真正的美學教育，所以我自己身體力行把它補足。

　　十二年前，紙風車劇團有齣戲《兔子不吃窩邊草》，其中有一場〈后羿射日〉的互動戲碼，一顆顆隱喻為太陽的球，從舞台上傳下來，讓台下觀眾參與射日的趣味，全場孩子瘋狂跳躍拍打，但我大兒子卻傻傻站著。多年後，紙風車再度上演這齣戲，基於讓兄弟看同一齣戲的機緣，我們又看一次。沒想到，哥哥這回卻質問我，「我三歲那次，為什麼沒摸到球？」

　　我回想當時，曾慫恿過他推球，甚至要爸爸幫忙，只是兒子當下沒有反應。但我好詫異，一個三歲的小孩「他的腦袋瓜都記憶些什麼？」原來，當年戲劇已在他的腦中種下一個記號，眼前的這個情境，讓他把腦中的記憶重新抓出來，這給愛藝術的我很大的信心，「給孩子就對了！不要先設定他能不能吸

第 99 鄉 · 第 113 場　97.04.26 高雄縣林園鄉 · 林園高中　3000 人　贊助：黃泰旗老師及林園鄉親
第 100 鄉 · 第 114 場　97.05.01 高雄縣那瑪夏鄉（原三民鄉）· 三民國中　600 人　贊助：台大工商管理系 1984 年畢業班及各界熱心人士

收、能得到多少好處！」

當紙風車喊出 319 鄉鎮兒童藝術工程，我連問都沒問，便直接匯款。光想到孩子看戲時臉上的笑容，我就很開心，因為，一點點捐助，很可能成為小孩子這輩子「第一次看戲」的經驗，說不定也是童年「最後一次」，在那一秒鐘，戲劇如果在心裡種下了一個美好的種子，將來就有可能發芽、長大、開花，「就算沒有開花，那個當下的愉快不也非常值得？」

我贊助 319 工程的方式，是把可以贊助一個鄉鎮演出的錢，分散的付給不同的鄉鎮。我甚至還把紙風車 319 網站，設成電腦裡面「我的最愛」，三不五時盯著它看，仔細追蹤募款進度，如果發現「咦？這筆數字怎麼沒增加？那個鎮怎麼還沒滿？」我就會去匯款加碼促成演出。

其實，我的身世有點複雜，從小在養父母家長大，但我更懂得珍惜；平常的我很節儉，該做的事情我卻會很大方。所以，養父過世後，我以養父「王紫瑾」的名義捐款，紀念他的養育之恩。

第一場我選在新竹縣五峰鄉，五峰鄉雖不是我出生的地方，卻是我讀大學做山地服務時最常跑的一個聚落，「那裡真的非常美，等同是我年輕時候的第二

第 101 鄉 ‧ 第 115 場 97.05.02 高雄縣大樹鄉 ‧ 佛光山 3000 人 贊助：佛光山
第 102 鄉 ‧ 第 116 場 97.05.03 屏東縣瑪家鄉 ‧ 佳義國小 900 人 贊助：WHY AND 1/2

故鄉！」第二場則是花蓮縣玉里鎮，也是我服務過的鄉鎮。

第三場會選在屏東縣來義鄉，有一個美麗的機緣：十多年前，我到百貨公司文化館參加原住民雕刻展，漂亮的作品我沒興趣，卻盯上了一個老東西，這位排灣族雕刻家高富村卻當下拒絕，他說，「這是排灣族裡頭巫師做法的法器，只展示不販售！」就在我遊說拉鋸之間，我們因此成為朋友。

第四場在屏東縣獅子鄉上演，也有個感人的故事。有一年母親節，屏東縣獅子鄉公所舉辦一個繪畫比賽，冠軍作品畫著一位母親的背影，「聽起來很不合理，為何不畫媽媽的臉？」原來，孩子媽媽很早就離開，他從來沒看過媽媽，也無從得知媽媽的表情，這個背影是他看著別人的媽媽，自己想像而來的！我聽了好心酸，當下的念頭就是，「我要讓這個孩子能看戲！我希望他能像我的孩子一樣，享受看戲的快樂……」

我的心願，是山地鄉鎮孩子都有機會看戲，因為山上的資源真的很少；所以後來我持續贊助了台東縣鹿野鄉、達仁

第 103 鄉 · 第 117 場 97.05.04 屏東縣屏東市 · 干禧公園 2500 人 贊助：中華航空公司及各界熱心人士
第 104 鄉 · 第 118 場 97.05.16 桃園縣復興鄉 · 介壽國小 700 人 贊助：中華航空公司及各界熱心人士

鄉以及台北縣烏來鄉。

小時候，我們在三合院的大迷宮裡玩耍躲藏，物質層面是不好的，但心裡感受卻是愉快的，因為我們有滿天的螢火蟲、金龜子和漂亮的玻璃彈珠。我希望，每個孩子都能平安健康快樂的長大，感覺自己是幸福的，這正是 319 工程的目的，第一哩路我們一起完成了，如果台灣的正規教育不培養小孩美學，我們何不第二哩路、第三哩路一直走下去？

只要我們做了，就會在孩子的腦海，留下一個位置。也許，是在一個深層的角落，但我確信，它永遠不會消失不見！

給孩子的一句話：
平安健康快樂的長大，
感覺自己是幸福的！

第 105 鄉 ・ 第 119 場 97.05.17 新竹縣芎林鄉 ・ 芎林國小 2000 人 贊助：明泰科技文教基金會
第 106 鄉 ・ 第 120 場 97.05.23 南投縣鹿谷鄉 ・ 廣興國小 1200 人 贊助：世豐螺絲廠股份有限公司

演出紀實
麻雀也來的第一哩路
96.6.13 苗栗後龍

一隻小麻雀在開場時硬是在「巫頂」的帽子上不肯走，待了超久！這隻小麻雀可能也想參與「319 鄉村兒童藝術工程」喔！下次會不會來一隻真的貓頭鷹，看樣子巫頂的功力愈來愈強囉！本場演出是唐筱雯小姐為了紀念母親而捐助的！後龍對她而言，在記憶裡就是與母親同行返鄉的親切！那……會不會是老夫人化為麻雀入凡間參與這次的盛會？

後龍人情超暖！在這裡遇到了苗栗的駱大哥！
駱大哥曾在泰安看了我們的演出，受到了感
動！這次來報名當志工，並帶來了家裡自己種
的西瓜！後龍西瓜超有名！好吃得不得了！

吃完了要動一動！不然等一下的
演出，各位團員可跳不動喔！

喂！大哥忠！打個小乒乓
還要擺個「唐吉軻德」的
Pose 喔？太入戲了吧！

不要以為大家都在玩！看排練多認真呀！比照一下演出實況，各位看官就知道我們的
訓練多一致啦！

第 109 鄉　·　第 123 場　97.06.14　新竹縣北埔鄉　·　北埔人文生活廣場秀巒山公園排樓旁　1100 人　贊助：台積電文教基金會
第 110 鄉　·　第 124 場　97.06.15　新竹縣五峰鄉　·　五峰國中　250 人　贊助：王紫瑾　台積電文教基金會

賽狗囉！這次的賽狗是二樓一樓一起跑！樓上樓下可是嗨翻天，有人問我，「追風者河場」要不要彩排？怎麼彩排？答案就在更下面！大家看我們的寶貝團員怎麼彩排的熊熊是個沒力……

可憐的小可愛！在彩排還會被大夥兒修理！
畏！各位大哥大姐！「本是同根生、相煎何
太急」的道理，懂不懂呀？

呀！大哥你也夠了吧！這麼
可愛的狗狗拿來騎喔？

這次攝影哥哥，拍了一張有「意境」的照片！我們來欣賞欣賞！
聽說這張叫「雙龍搶珠」！哈哈！

感謝後龍的大朋友、小朋友，我們雖然不認識大家！但是這個晚上各位的熱情也將是
我們一輩子的記憶喔！

第 113 鄉 · 第 127 場 97.06.21 花蓮縣玉里鎮 · 璞石閣公園 2000 人 贊助：美商摩根大通集團、王紫瑾
第 114 鄉 · 第 128 場 97.06.28 高雄縣梓官鄉 · 漁故鄉專用停場 2000 人 贊助：世豐螺絲廠股份有限公司

請阿爸當一次文化「爐主」

台北蘆洲人　李春燕

我們是蘆洲在地人，父親（李長發）七十幾歲了，每年九月都用聚餐等方式為他慶生，但有時想想，這似乎不是他真正需要的，能不能來一點特別的呢？我們跟簡社長熟識，對319計畫原本就感到好奇，而朋友以公公名義在東勢辦了一場也很成功，因而觸動我的靈感。不過，農業社會的老人家向來低調，我還一度猶豫，不知道應該如何開口？想不到他聽了立刻點頭，很快就選定在仁愛國小演出。

蘆洲演出前，我促成中悅建設先在桃園辦了一場，因為還沒有現場體驗過，當時滿緊張的，不知道效果怎麼樣？開場沒多久，我回頭一看，哇，滿山滿谷來了三千人，舞台聲勢及戲劇內容的精緻絕對不是平常看得到的。原本想，看一下就先走好了，結果一坐卻捨不得離開，甚至笑得太誇張而被女兒拜託：「媽，你不要笑那麼大聲好不好？」當天，全場都笑得那麼開心，許多孩子散場還不願意走，留下來摸摸老虎、跟老虎照相，親眼看到這麼多人真心感動，

正是我們想要的。

有了桃園經驗，我對蘆洲這場信心滿滿。仁愛國小以前是我們家的農地，政府很早就規畫為教育機關用地，直到我二十幾歲才正式徵收蓋學校。從小，我爸種田的時候，就站在那裡對我們半開玩笑地說，好好念書啊，以後長大回來當校長。當時我還小，覺得很困惑，那麼空曠的蘆洲明明沒幾個人，蓋學校要給誰念啊？看到現在的變化，差異真的很大，進步是很快的，而我的姪子（弟弟的小孩）讀的正是這所學校。

我們家六個孩子，我算是比較會念書的。那個年代難免重男輕女，我雖是女生，爸爸卻對我另眼相待，一直有那種以我為榮的感覺。我想，既然沒回去當校長，邀請紙風車在那裡演出，應該也可以讓他感到滿足吧？

我爸就住在仁愛國小旁邊，剛好可以看到學校操場，從演出前一天搭棚子開始，他就非常興奮，不斷打電話給我「現場實況報導」：舞台在搭了，看起來好大啊；工作人員很辛苦，我要去淡

第 115 鄉 ・ 第 129 場 97.06.29 桃園縣大園鄉 ・ 大園國小 1100 人 贊助：周新弘及林振炎
第 116 鄉 ・ 第 130 場 97.07.03 屏東縣林邊鄉 ・ 河濱公園 2600 人 贊助：蔡慶文、町洋企業股份有限公司及各界熱心人士

水買「黑店」排骨便當給他們吃中飯；天氣好熱，下午送涼的給大家止渴；晚餐呢？朋友的小孩開了一家日式丼飯很好吃，就訂那個好了。還有還有，村長正在廣播放送喔，請大家幫忙排椅子……

當晚，校長就坐在他身邊，演出〈水淹金山寺〉的時候，雨下得好大，但大家都不想走，滿臉笑意的阿爸也不例外。其實，他平常很少主動找我，那兩天，透過一通又一通的電話，聽到他在那裡忙進忙出張羅，可以感受到他真的很開心，而那種開心，是用錢買不到的。朋友形容，你爸好像在當「爐主」啊，請阿爸當一次文化活動的「爐主」，果然很有意思。

事實上，319除了感動大人，更豐富孩子們的生活，當時四年級的小女兒，後來吵著想學演戲，跟我「盧」了好久。隔年母親節，三個孩子居然偷偷安排節目，畫了一張海報寫著各種語言的「母親節快樂」，還自己分工準備演講稿、當主持人、表演樂器，表情與動作十足，讓我們嚇了一大跳。現在回想起來，我都還會笑，原來，戲劇對孩子的影響與啟發這麼深刻。

一次活動，讓整個家族關係更緊密，姪子後來甚至說，真希望姑姑每年都回來辦一場。我得好好想想，下次，還有什麼特別的，可以讓阿爸這麼有成就感？

> 給孩子的一句話：
> 讓孩子快樂健康成長，
> 社會才有健全的未來。

第 131 場 97.07.04 高雄市・中油煉油廠旁疊球場 2000 人 贊助：台灣中油大林煉油廠
第 132 場 97.07.05 嘉義市・嘉義高中 3500 人 贊助：和氣藥品股份有限公司

星空下的盛宴

矽品精密工業股份有限公司人資處處長　張美慧

記得紙風車第一場在潭子國小的演出，對我來說那是一場「非常驚奇」的兒童劇表演。現場，每一位小朋友都張著嘴，止不住從心裡發出的欣喜與雀躍，矽品辦這麼多活動以來，我很少同時看到這麼多、這麼快樂的臉龐；演出結束後，看到鄉親及矽品同仁們紛紛在網路上 po 文，一篇又一篇，說出了心裡濃濃的感動。

一直到三年後，當晚參加活動的一位媽媽說，那場表演讓她的小孩念念不忘，到現在還不時要和孩子一起複習那段經典台詞：「我是一個有經驗的巫婆，我的名字叫做……」「巫頂！」然後一起開懷大笑，就跟那晚一樣。

這種深刻，對那些關在家裡看電視、打電腦的小孩，應該無從體驗，這也是矽品總經理蔡祺文先生持續支持、繼續邀請紙風車的原因，希望讓更多小朋友能夠與家長一起走到戶外，從生動有趣的劇碼中，得到共同歡笑和成長的正面能量。

其實，在這三場演出過程中，矽品所扮演的角色，和學校師長、守望相助隊義工、村里長及在地鄉親熱情動員、協助、參與相比之下，實在是微不足道。

從敲定演出開始，學校老師就會叮嚀同學要去看紙風車，學生回家後告訴家長，家長再把美好的訊息傳遞給左鄰右舍，加上村里長積極跑腿發送 DM，到晚上正式開鑼，每場都湧進四千人以上，一起參與星空下的盛宴。

第 117 鄉 · 第 133 場 97.07.11 宜蘭縣羅東鎮 · 羅東運動公園 1450 贊助：中華航空公司及各界熱心人士
第 118 鄉 · 第 134 場 97.07.12 宜蘭縣蘇澳鎮 · 文化國中 1600 人 贊助：台灣中油股份有限公司

　　而在開演前，矽品保全人員與當地守望相助隊，會積極動員協助交通指揮與管制；演出時，保全與志工則隨時保持警戒，照顧場內的秩序與安全；散場後，所有義工還會幫忙收拾場地，希望給小朋友留下一個美好的印象。

　　在活動的過程中，矽品得到肯定與讚美遠超過付出的金錢。更因為感謝這二十七年來在地的鄉親一路支持著矽品成長，所以我們也盡自己的能力，持續回饋鄉里。除了受到民眾歡迎與支持的紙風車兒童劇外，矽品也曾經舉辦推廣環保減碳的健走活動、或是邀請史溫格人聲交響樂團的演唱、甚至后里張家四姐妹薩克斯風重奏團的演出，這一連串的活動，都是矽品回饋鄉里的具體行動。

　　在回饋鄰里之餘，矽品並沒有疏忽其他需要被關懷的族群。像是位處偏遠的和平國小，全校只有六十至八十位小朋友，可享受的資源有限。所以，每當矽品有些特殊的活動，都會特別包車邀請小朋友們一同參與，或是由蔡總經理領隊，扮演聖誕老公公，到學校去與小朋友直接互動，讓愛交流。

　　未來，矽品會繼續抱著感恩的心情，在這塊故鄉的土地上，與鄉親一起打拚，一起快樂地成長、茁壯，成為科技先進又十足 Local 的在地公司。

第 119 鄉　‧　第 135 場　97.07.13 宜蘭縣壯圍鄉　‧　壯圍國中　1200 人　贊助：財團法人日盛教育基金會
第 136 場　97.07.25 桃園縣桃園市　‧　桃園縣多功能藝文園　3000 人　贊助：中悅建設機構

心懷感恩

彰化基督教雲林分院副院長 程萬春

「……感謝大家的支持與捐款,感謝在地及旅外的二崙人,感謝無數協助此次募款的伙伴,為二崙鄉孩子帶來一個大禮物!您們的愛心,孩子們必然歡欣鼓舞!」這是當年完成孩子第一哩路演出經費募款時,彰化基督教雲林分院副院長程萬春在邀請卡上寫的一段話,至今,他仍心懷感恩,「感謝大家願意支持如此有意義的事」。

十二年前,程萬春從林口長庚醫院受聘來到彰基雲林分院前身,慈愛綜合醫院擔任副院長,身為雲嘉地區唯一神經外科醫生,地方上無不視為喜事一樁,祝賀花籃一路醫院門口排到辦公室,「很多根本不認識」,程萬春驚訝之餘,也覺得決定是對的,「起碼親友不需再勞師動眾,包車、揪團北上找我看病」,急症需求的患者也無須轉院,就能直接開刀處置,醫療成本大幅降低。

「從高中就到外地念書至今四十年,家鄉似乎沒什麼變化。」程萬春心裡頗有感觸,尤其「孩子們接觸藝文資訊的機會好少」。直到96年12月2日那晚,

程萬春在雲林縣西螺農工活動中心,全場座無虛席,擠進上千民眾的會場裡,看到了「紙風車319鄉村兒童藝術工程」帶給大人小孩滿臉歡欣與驚奇,心裡那根敏感而細膩心弦被悄悄觸動,演出結束,他轉身拍了拍院內行政處管理師、同樣出生於二崙的廖冠絮肩膀,以醫生一貫平和卻堅定的語氣說:「也為二崙鄉來推一場吧!」

從來沒募過款,程萬春笑說為紙風車演出募款是「全新經驗」,身為發起者,很多事雖交由冠絮和其他伙伴打理,繁忙醫療工作之餘,他還是抽空跑遍二崙鄉國小、公家機構,連大姊兒子的兄弟會他也到場,向這些出外子弟動之以情,果然馬上就有人掏出一千、兩千元,「起初金額增很快,但就跟減肥一樣也有停滯期」,果然募到差額十多萬時,款項增加速度大不如前。

程萬春本想自掏腰包補足,「想到意義不同只好作罷」,包括四處發傳單、辦二手物品義賣會、院內員工發動募款,「連代收匯款,能做的都做了」,

第120鄉・第137場 97.07.26 高雄縣美濃鎮・美濃國中 1700人 贊助:美濃獅子會、月光山雜誌社、美濃國中教師會、美濃東區扶輪社、八色鳥協會、救國團美濃鎮團委會、美濃扶輪社、鍾理和文教基金會、美濃愛鄉協進會、美濃鎮教育會

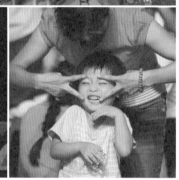

廖冠絮說,就全靠這一百、兩百小額捐款慢慢累積,再加上崙背讀書會轉贈多餘捐款,半年後,終於募足款項,程萬春笑說:「所有的人都大聲的歡呼,原來只要有心,夢想實現真的不難。」

97 年 10 月 19 日,二崙公園上聚集一大群認真、專注的人們,不單指台上演員,還包括台下的大小朋友,程萬春看到的,全是一張張快樂笑臉,「從有這個想法到執行募款相關活動,我們發現愛讓大家更團結,我們所做的不只是募款,還是一種愛的傳遞,對家鄉、對小孩、對藝術的一種期待。」

二崙鄉囝仔的第一哩路過後至今已近三年,網站上的捐款還在增加,程萬春賣關子,「再來辦第二哩路也說不一定」,畢竟他初衷不變,只希望讓孩子有機會親身體驗紙風車的演出,激發出不同潛能,人生從此不一樣。

> **給孩子的一句話:**
> 挖掘內在潛能,人生就此不同。

把握當下，展現最完美

金曲歌王、戲劇當紅小生 王識賢

我生長在單親家庭，童年時寄住在親戚家，媽媽帶團跑遍全世界，通常都要好幾個月才能見面相聚。我永遠記得，小時候曾經有迪士尼小木偶、白雪公主劇碼在台灣表演，當時我好希望能去欣賞，但和媽媽聚少離多，平時連見上一面都很困難了，更別說是一起去看表演；而我也很清楚欣賞這些表演的花費並不低，寄住在別人家裡根本不敢要求，只好自動打消念頭。

但是到了學校，看著那些欣賞過表演的同學們聚在一起津津有味地討論劇情，自己卻一點都插不上話，總會有難掩的失落，只好默默地迴避，把百味雜陳的情緒，一古腦兒寄情在足球上。

幾年前，我演出綠光劇團《人間條件2：她和她生命中的男人們》中的負心漢「春生」。當時決定接演這齣舞台劇，主要是想體驗有別於電視劇的演出型式，希望從中學習更多的表演歷練。

我曾經是運動員，後來為了改善家計才改行當歌星，初踏入演藝圈的發展並不是那麼順遂，剛開始為了爭取更多的曝光機會而一一去拜託別人；正因為得來不易，所以我格外珍惜每個機會，無論是多小的角色、戲分多微不足道，每一次都全力以赴。通常我不會為人生作太多的規畫，但我會專注把當下的機會盡情努力做到最好，而成果一旦獲得肯定，往往會為我再創造更多的機會。

我不會侷限自己，也不會心滿意足於過去的成就便停止不前，這正是我除了唱歌、演電視劇、演舞台劇，還拍電影……我發揮運動員精神，虛心學習每一個新的領域；每一個過去耕耘的領域，也都可適時提供歷練與資源作為基礎動能，讓我的演藝生命能如活水，生生不息。

因為演出《人間條件2》，我開始與李永豐執行長熟識，那時候聽到執行長提起紙風車兒童藝術工程這個舉動，我覺得很瘋狂，心裡會覺得「怎麼可能做得到？」但實在打從心底佩服，因此和太太商量之後，決定要贊助一場，回饋太太的故鄉——苗栗縣公館鄉。

活動當天晚上，令我印象最深刻的

第 124 鄉 · 第 141 場 97.09.06 桃園縣八德市 · 大勇國小 4000 人 贊助：中華映管股份有限公司
第 125 鄉 · 第 142 場 97.09.07 桃園縣龍潭鄉 · 龍潭運動公園 3800 人 贊助：中華映管股份有限公司

是紙風車演員與小朋友之間的互動，我很訝異，小朋友似乎都認識劇中的角色，例如「巫婆」一出場，小朋友都能與巫婆對答如流，他們簡直比我王識賢還紅！我納悶著，這些小朋友大部分應該都是第一次看紙風車的表演啊，怎麼會……我想，對於這些演員來說，得到觀眾的肯定與認同，是身為表演者值得驕傲的事！

除此之外，在現場才是真真正正感受到，這樣的活動造福的不只是小朋友，還有同在現場的父母們。以「追風賽狗場」來說，要全家人齊心合力一起推那些迎面而來的氣球偶，我和我的女兒們都玩得好快樂，台灣代表小黑還得到了第一名喔！活動結束後，女兒好開心，直嚷著還要再玩！

我的工作一直十分忙碌，雖然休息的時候總會盡量在家裡陪伴家人、與女兒聊天，但真的很少機會可以和女兒可以像這樣一起享受親子遊戲時光，這是我小時候所夢寐以求而不可得的，現在，我和我的女兒們一起創造我們珍貴的「第一次」記憶，突然有一種感覺，不是我在陪女兒，而是她們在陪我，剎那間有彷彿有股暖流湧上心頭……

所以，雖然贊助一場的金額不算小數目，但我真的覺得超值得！

給孩子的一句話：
珍惜自己現在所擁有的，更要好好珍惜自己的生命，好好讓自己的生命發光發熱，還有，千萬要記得，一定多愛自己一點！

第 126 鄉 · 第 143 場 97.09.12 台北縣三峽鎮 · 安溪國中 1200 人 贊助：福大橡膠廠股份有限公司王貴清董事長
第 127 鄉 · 第 144 場 97.09.19 雲林縣崙背鄉 · 崙背國中 4000 人 贊助：919 位崙背鄉民及各界熱心人士

大雨澆不息的熱情

隨著鋒面接近，天氣轉變，大家帶著既興奮又緊張的心情來到苗栗。隨即到鎮上慈護宮請三庄媽祖神明保佑，還是決定照原訂計畫戶外表演，大家捲起袖子，踩著「紙風車牌319堅毅拖鞋」賣力地在雨中搭景、彩排、準備，其它的，相信媽祖娘娘會處理的。

不曉得會來多少人呢？雖然不論來多少人，我們一樣全力演出，但是心中仍然希望觀眾越多越好。時間一分一秒逼近，快開演了，雨，漸漸小了，人，漸漸來了，（媽祖果然有處理）肯定今晚又是精采的一夜！

第 128 鄉 · 第 145 場 97.09.20 桃園縣楊梅鎮 · 大園國小 4200 人 贊助：中華映管股份有限公司
第 129 鄉 · 第 146 場 97.09.21 嘉義縣竹崎鄉 · 親水公園 5000 人 贊助：竹崎旅北鄉親聯誼會

在雨中，大家更珍惜這次相聚
的緣分，全場超過一千五百
名觀眾，大人小孩人人穿著雨
衣，形成壯觀而又感人的畫
面。大家帶著笑臉觀賞著，不
時給賣力演出的演員們最最熱
烈的回應與掌聲，那種大雨澆
不息的熱情，讓全場氣氛好
High，也正是台灣最草根的活
力與生命力展現！

人生中，有很多情況會如同今夜的情況，在意料或掌控之外，希望這一夜的難忘體驗，
能給小朋友一份融合家人、故鄉、童年與歡樂的愛之回憶，能更有勇氣、熱情、微笑
與創意面對成長與人生。

第 147 場 97.09.26 台北縣蘆洲市・仁愛國小 2000 人 贊助：李長穎

第 130 鄉・第 148 場 97.09.27 雲林縣麥寮鄉・麥寮城鄉運動公園 3000 人 贊助：林亞蕓女士

撒下夢想的種子

致茂電子股份有限公司董事長、總經理　黃欽明

　　我的故鄉是雲林縣北港鎮的「好收村」，小時候叫作「火燒庄」，因為以前村莊中大部分都是茅草屋，屋頂是由甘蔗葉或稻草搭蓋而成，冬天風很大，過年時又要炊粿，所以便很容易火燒屋頂。後來國民政府覺得「火燒庄」聽起來不雅，才取諧音改為「好收村」。我們好收村的土壤是沙土，適合種花生、番薯，比起相對貧瘠的海邊村落確實「好收成」，所以好收村算是實至名歸。

　　我向來相當仰慕吳念真導演，常去看綠光劇團的舞台劇表演。有一回我和太太與吳導一起用餐，敏宜也在現場，只見她眉飛色舞地介紹紙風車兒童藝術工程，我才知道原來紙風車以回饋本土的心情，到319鄉鎮表演給小朋友看。我覺得立意很好，但我很尊重我太太，想回家後再跟她商量，沒想到她的反應則是十分支持，直道：「這才是值得贊助的活動！」連太太都深感認同，那麼我便決定贊助。為了回饋故鄉，我第一場贊助就在我的母校北港鎮的好收國小。

　　我記得小學的時候，附近三所小學每年都會聯合舉辦一場「遊藝會」，每所學校負責幾個節目，由小學生唱歌、跳舞、話劇等，輪流到三個村莊表演。令我畢生難忘的是小學四年級的時候，我們表演一齣話劇《警察捉小偷》，由我扮演警察的角色。

　　或許老師覺得我沒表演天分吧，唱歌、跳舞的部分交給其他能歌善舞的同學，我卻沒有台詞，也只需要從舞台的左邊走到右邊而已，但儘管如此，還是覺得好興奮，很專注在自己當警察的角色當中；而且還要到三個村莊各表演一遍，村莊與村莊間要走半個小時，同學們邊走邊玩，十分有趣！

　　在好收國小演出那天，我下午三點多就到了。自從國小畢業之後，我就很少回母校。如今舊地重遊，和記憶中的母校差距很大，教室是新蓋的，操場也重新鋪過，整理得比過去好許多。

　　當我在好收國小看到紙風車兒童藝術工程的表演時，不禁悠然神往小時候曾經上台表演過的記憶；而看到現場小朋友看表演時的興奮神情及歡樂互動，更

第131鄉・第149場 97.10.03 高雄縣鳳山市・鳳山體育場 5000人 贊助：台灣大哥大、台灣大寬頻、鳳信有線電視
第132鄉・第150場 97.10.04 台中縣神岡鄉・社口國小 5000人 贊助：社口學區各界熱心人士

讓我覺得這是很棒的活動！

　　這同時也讓我有另一番體會。小學老師總會出作文題目「我的志願」，這便是老師在引導學生夢想的一種方式。有些才能早期看不出來，而且如果沒有環境栽培也很難有機會發展，但我認為紙風車兒童藝術工程便是為孩子埋下了夢想的種子──或許有些孩子便是因為看了表演而立下志願，未來也要成為表演藝術工作者或舞台總監也說不定！

　　在我成長的年代很重男輕女，我父親是知識分子，要求我們兄弟一定要用功讀書，在這樣的家庭中成長難免壓力很大，幸好我自己很喜歡讀書，成績一直相當優異，高中念台中一中、大學念國立交通大學，出社會之後確實讓我有相當程度的優勢。所以我還是認為小朋友應該多用功努力讀書，也要多豐富自己的內在。最重要的是，一定要有夢想。生活再苦，也要苦中作樂！

給孩子的一句話：
用功讀書，更要勇於夢想！

第 133 鄉 · 第 151 場 97.10.11 台中縣潭子鄉 · 潭子國小 4700 人 贊助：矽品精密工業股份有限公司
第 134 鄉 · 第 152 場 97.10.17 台北縣五股鄉 · 更寮國小 1500 人 贊助：新至陞科技股份有限公司

明天，還有明天的風會吹呢！

嘉儀企業股份有限公司副總經理　朱貞和

放學前，天空總下起西北雨；雨停後，操場上出現了彩虹。五十四年後的今天，我依稀記得，嘉義縣中埔鄉社口國小的上空，那道彩虹的清澈。它牽引著我重回舊地，帶給新一代的孩子一齣戲劇的饗宴！

前陣子，我帶著孫子去看黃春明的《稻草人與小麻雀》戲劇，看到滿場小孩歡笑，不免感慨都市小孩資源豐富，可以享受到各種藝文活動表演。幾年前，當紙風車發起全省下鄉巡迴，演戲給小孩看時，便深得我的認同，因為，這個公益活動的不同，在於對象是小孩，而內容是戲劇。

回想民國 46 年那年，我十八歲，師範學校畢業後，分發到社口國小教書。我和孩子們朝夕相處，感情非常融洽；山上的雨多，下課前，總會下起一陣西北雨，接著彩虹便從操場後方的山頂出現。我常常伴著彩虹，走出校門穿進巷子，到學生家做家庭訪問，等到和家長聊完天出來，一抬眼，又是滿天亮麗的星斗。這是我年輕歲月中最好的回憶，只要夜深人靜，便悄悄浮現。

和學生歡聚的同學會上，我們開心的回憶半世紀前的過往。我也和當年的學生、前中埔國中校長朱坤能提到紙風車的創舉，這時，朱坤能反問我，「老師，

第 135 鄉 · 第 153 場 97.10.18 新竹縣寶山鄉 · 雙溪國小 1600 人 贊助：台新銀行文化藝術基金會
第 136 鄉 · 第 154 場 97.10.19 雲林縣二崙鄉 · 二崙運動公園 4000 人 贊助：二崙鄉鄉民及各界熱心人士

第 137 鄉 · 第 155 場 97.10.23 台東縣海端鄉 · 海端國 1600 人 贊助:財團法人智榮文教基金會
第 138 鄉 · 第 156 場 97.10.24 台東縣成功鎮 · 成功國小 1800 人 贊助:台東婦聯會成功支會、台灣電力公司、新莊
思賢國小、財團法人研華文教基金會

何不就選擇母校社口國小來演出？」和家人、當年的學生、鄉里的孩子一起回到學校操場看戲？這真是再好不過的願望了！

三年的教書生涯後，我當兵、退伍、再讀書，之後考上台大外文系。我永遠記得當時父親的表情，他面有難色的說，念台大要付學費，為什麼不去念師大公費生？還好當初在台北的大姊，可以資助和照顧我，我二十八歲才大學畢業，在南亞工作五年後，自己出來投資創業。

也許，年輕人會怨嘆，自己到底有什麼樣的人生？回首當年，我發現，未知的人生，才充滿願望、充滿想像力，你會更有動力達成。我不是太重視物質的享受，相對的，人應該關注的是精神和心靈，包括藝術、表演或繪畫雕刻等，像台灣因天候地理因素，有著豐富的花卉類種，這是天地之間渾然天成的傑作，「這些東西本來就在那裡了，唯一的差別，只在你有沒有張開眼睛去看！」

我對吃東西很簡約，卻可以花好幾萬元買票，邀請姊妹親戚或好友，帶著家人小孩一起去看戲看表演。紙風車319兒童藝術工程提供了一個很好的機會，讓我們北上打拚的異鄉人，能夠有一個回饋家鄉的機會，讓鄉下的小孩學會欣賞藝術，人生還有另外一種風貌，心

第 139 鄉・第 157 場 97.10.25 花蓮縣吉安鄉・勝安槌球場 3000 人 贊助：泉緯實業股份有限公司

第 140 鄉・第 158 場 97.10.31 苗栗縣公館鄉・公館公所前廣場 3500 人 贊助：王識賢、黃立芸賢伉儷

靈要過得更好，就必須有培養的過程，對小孩這樣的付出，是很值得的一件事情。

贊助紙風車活動後的某一晚，我在家中眺望美麗的星空，才赫然發現：咦，投入紙風車演出的吳念真導演，原來是住在隔壁的鄰居啊！但台北的星星，卻不怎麼亮，燈火的通明，搶走了星星的風采，我和吳導提議，我們應該每個月選一晚上，在社區倡導「熄燈賞星大會」，重新回味兒時的星斗，「如果小孩有能力欣賞星星，那就能開創未來更多的可能性。」

所以，何必要恐懼未知的人生呢？日文有句話說：明日は、明日の風が吹く。

意思就是：明天，還有明天的風會吹呢！不要為明天的事情太過操心，今天的困難，明天一定可以找到解決方法。

給孩子的一句話：
明日は、明日の風が吹く（明天，還有明天的風會吹呢！）

第 141 鄉 · 第 159 場 97.11.01 台北縣三重市 · 三重綜合體育場 5000 人 贊助：先嗇宮、義天宮、南聖宮、昭安宮、聖玄慈惠宮

送孩子一場歡樂的童年記憶

趨勢科技股份有限公司文化長　陳怡蓁

我的故鄉在南投縣集集鎮，四歲的時候就搬到台中去。集集有座天后宮，每兩年舉行一次盛大的建醮活動，廟會演出歌仔戲、布袋戲等，我姑姑、祖母都會帶我去看戲；除了在台下看戲，我更愛跟著一大群小朋友到後台去搗蛋，好玩得不得了！那是我畢生難忘的快樂時光。

有一回我應邀到陳玲玉律師家吃飯，受邀的客人還包括吳念真、柯一正、李永豐，席間陳玲玉力邀我贊助紙風車兒童藝術工程，當她大致描述活動的形式及性質時，我的眼睛為之一亮，思緒頓時飄回童年在廟會看戲時的歡樂記憶。

我的童年回憶因廟會看戲而增添許多美好，所以我認同紙風車兒童藝術工程這個活動十分有意義。但我是個審慎的贊助者，若要做活動，我得有參與感，因此我先和遠從美國回來的姊姊一起去三峽勘查活動現場。

那是颱風前一晚，風雨交加。

我心想：「這種天氣，會有人來嗎？」表演七點開始，開演前我默默觀察現場狀況，沒想到先抵達的民眾二話不說，自動幫忙排桌椅，這種「鄉親就像一家人」般的氣氛，便是社區文化的體現。2007 年我和韓良露在師大路成立一處「南村落 Southvillage：一個台北可以慢食樂活的地方」，目的就是在社區推廣文化活動，讓人與人之間凝聚起一種「鄉親」的感覺，而這時候三峽的活動現場就給了我鄉親凝聚的感覺，令我相當感動！

尤其令我驚訝的是，七點進場開始發雨衣，一切都非常井然有序，全場一千多個座位座無虛席，更有許多民眾搬小板凳一起來湊熱鬧，現場的氣氛十分熱絡。當晚風大雨更大，台上演出賣力，台下的觀眾聚精會神看得十分開心，風雨中歡樂的氣氛滿溢，而且居然沒有人中途離席！

我認為觀眾（尤其是小朋友）很直接，就算台上的人很努力演，台下的觀眾不欣賞、沒參與感不領情也沒用，所以我很佩服紙風車的演員，能夠與觀眾如此成功地互動，這很令我感動，因此

第 142 鄉 · 第 160 場 97.11.08 台南縣後壁鄉 · 泰安宮媽祖廟前廣場 1500 人 贊助：後壁旅北同鄉會、泰安二五會、財團法人泰安庄忠文教公益基金會

第 143 鄉 · 第 161 場 97.11.14 宜蘭縣南澳鄉 · 南澳綜合體育場 1000 人 贊助：游芳武

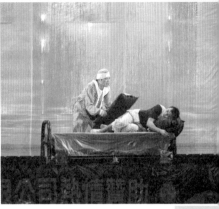

我決定要贊助。

我們公司有很多工程師都住在大溪，而且大溪離台北近，所以我贊助大溪那場。我的觀念是，既然要贊助，只是捐錢是不夠的，也要做一點事。活動當天，公司三、四十個工程師抵達現場，下午就開始擺攤，對當地小朋友、家長進行電腦防毒教育；我們的「心療基金會」也提供現場觀眾線上檢測是否患有憂鬱症？現場就像是園遊會般的熱鬧。

上回三峽那場風大雨大，沒想到大溪這場，雨勢更是超級大！難道我是「雨天使」嗎？晚上演出的時候，驚人的滂沱大雨傾盆而下，令我印象最深刻的是，有一幕演賴床的小孩，結果整面彈簧床上都是水，連台下觀眾都傳來「眠床都是水，哪會有法度賴床？（台語）」演員一邊演一邊笑，一躺下去就水花四濺，全場也跟著哄堂大笑！

演出非常成功，連雨也很捧場，整場表演都沒有停過，大家都玩得很開心！

能夠贊助紙風車兒童藝術工程，彷彿將我兒時的歡樂記憶，重新散播給現場的小朋友，對我來說，這是一件十分美好的事！

> **給孩子的一句話：**
> 小朋友，要開心喔！曲終人散是一定的，但當下的歡樂是無限的，即使只有一場戲的時間，也要把握當下，珍惜大家相聚時的快樂時光！

第 162 場 97.11.15 雲林縣北港鎮 · 北港鎮好收國小 2500 人 贊助：黃欽明先生
第 163 場 97.11.29 南投縣鹿谷鄉 · 米堤飯店 500 人 贊助：溪頭米堤大飯店
第 144 鄉 · 第 164 場 97.12.05 台中縣太平市 · 太平市立體育場 4200 人 贊助：太平市各界熱心人士

擁有快樂的人生觀

寶弘實業股份有限公司董事長　吳永昇

很久之前，老友簡志忠常對我說，「永昇，多賺點錢，我們來合辦個電台，不問獲利，只求感化人心。」所以，當他後來提起紙風車 319 工程時，我一點都不驚訝，二話不說馬上支持，「既然這是個夢想，要挑戰不可能，大家就一起來實現！」

我的家鄉在雲林縣虎尾鎮，從小是在偏遠的土庫鎮小農村長大，高中到台中念書後，離開了家鄉，大學畢業當兵後便在台北創業，在台北已經住了超過二十五年。那個年代的我們，畢了業便工作打拚，沒有太多的選擇，因為小時候看過苦難，不會去問自己得到的「夠」或「不夠」，只會問「做夠了沒有」。

但每月回鄉探望母親之際，總有滿懷的感慨。台北發展這麼大，虎尾至今卻沒進步：走在主要大街上，商家都不開了，改在路前擺攤，行人來來往往無處走，小孩逼得要和車爭道，虎尾似乎沒有進步，有的只是學校變大了（工專升格為大學），學制升級了，但人民的生活、孩子的教育、地方的管理卻沒有升

第 145 鄉 · 第 165 場 97.12.06 嘉義縣中埔鄉 · 社口國小 2000 人 贊助：朱貞和
第 146 鄉 · 第 166 場 97.12.06 苗栗縣通霄鎮 · 通霄國小 2800 人 贊助：苗栗縣耕讀鄉土文教協會榮譽會長徐文保先生及各地鄉親

級，資源的分配差距反而變大。

我常問自己，小孩這麼可愛無辜，對環境只能逆來順受，城鄉差距這麼大，大人能做些什麼？該做些什麼？而紙風車的深層意義，就在於大家的參與，不管是你捐五元、我捐十元，這是個「全民運動」，大家除了追求經濟發展、事業版圖之外，要一起參與和這塊土地的連結，創造出一個「迴響」。

我父親是虎尾中學的化學老師，一輩子心繫教育，後來和幾個朋友共同創立陽子中學，現在已是國立高中。國小的

我是超級布袋戲迷，而布袋戲的起源地也正是虎尾，看著有武功的布偶金光閃閃地飛竄，我常常撐到通宵看完整場；以前，廟會的活動之間會尬場，好幾場圍著同時一起演戲，還會有公正人士來統計哪一場表演的觀眾人數比較多，評判誰獲勝，那真是一段美好的記憶啊！

現在的布袋戲愈來愈進步了，充滿著燈光效果，武功也變強了，但我反而比較不喜歡了，為什麼？「這就是文化的演變啊，四十年前演變至今，走過了就走過了，不可能還原到過去了，以前我

第 147 鄉 · 第 167 場 97.12.13 宜蘭縣頭城鎮 · 頭城國小 2000 人 贊助：國立政治大學 EMBA 班聯會
第 148 鄉 · 第 168 場 97.12.20 雲林縣古坑鄉 · 古坑綠色隧道 3000 人 贊助：黃振倉先生及眾多熱愛古坑鄉的鄉親朋友

們玩泥巴，現在小孩玩 iPhone，文化的演變是無法回頭的！」

我當時第一個想到的，就是以父親為名贊助家鄉虎尾演出，陸續還有澎湖和口湖等幾場，由於七年前我把公司搬到林口，原本以回饋鄉里的動機，想贊助林口的演出，我還想好要以「林口新移民」為名，讓看戲的人彼此珍惜這份移民的緣分，不過林口第一哩路已經開演，我便把資源轉往較為匱乏的澎湖。

96 年 4 月 13 日，紙風車來到了虎尾安慶國小。我帶著兒子女兒孫女一家人南下，和大弟牽著媽媽一起走進會場，而早已移民加拿大多倫多的小弟和妹妹也回國來會合，還不到傍晚，國小操場就來滿了當地的志工，包括清大學生和社會人士都來排椅子。那天雖然莫名的颳起了八級風，但我始終相信會順利開演，因為，這場演出，不僅是我們家人的大團聚，也是工作人員的愛心凝聚，更是虎尾地方人的一場生命的感動。

仔細深層來看，台灣長久以來缺少的就是凝聚。除了我不喜歡台灣的填鴨式教育，可能埋沒孩子的天分之外，台

第 149 鄉・第 169 場 97.12.21 台北縣林口鄉・林口國中 1300 人 贊助：致茂電子股份有限公司
第 150 鄉・第 170 場 97.12.24 彰化縣彰化市・南郭國小 3800 人 贊助：郭達林

灣年年有選舉，因此不容易長久規畫，五都選完了，又有總統選舉，政治人物根本無法好好地想建設；而每天電視傳媒和談話性節目也無法帶給台灣正面能量，台灣錯失掉很多機會。

我常想，如果多一點社團，把好的東西推廣到每個鄉鎮，把人才、各地都凝聚起來，國家才會進步強大。就像美國一整年聚焦的活動從不停止，例如籃球打完有棒球，全國都有聚焦的體育賽事，全民一起投入瘋狂，「但台灣聚焦的活動，卻都是政治！」

紙風車的目的，就是給孩子聚焦的歡樂、藝術的欣賞，而我們共襄盛舉的贊助，帶起的是一份迴響。大人應該要努力的，是給小孩子無限的愛，擁有快樂的人生觀，才是人生中最棒最可貴的技能，因為，在快樂環境長大的小孩，是不會變壞的。

> **給孩子的一句話：**
> 給小孩子無限的愛，擁有快樂的人生觀，是最棒的技能。

第 151 鄉 · 第 171 場 98.01.09 嘉義縣梅山鄉 · 梅北國小 3200 人 贊助：美商摩根大通集團、嘉義縣梅山鄉旅北同鄉會
第 172 場 98.02.21 嘉義縣朴子市 · 聖心教養院敏道家園 2200 人 贊助：張大魯的攝情布拉格眾網友

中 場 休 息

凝聚・回首・感動・向前看

「紙風車 319 鄉村兒童藝術工程」
四週年之四大老對談紀實

前言

　　午後，冬日的陽光穿過窗櫺，灑在一方斗室裡，暖暖地，靜靜地，像小津安二郎的電影，散發一種溫柔和緩的氣息。四個歐吉桑，喔，或許應該說是四個蠢蛋，他們聚在一起，拉開嗓子，回首四年來的「紙風車 319 鄉村兒童藝術工程」，那些並肩走過的路，有稻田、河川、山林、大海⋯⋯

　　那裡還有一張張微笑的臉孔，一聲聲感動的迴響⋯⋯

　　有一天，紙風車 319 的朋友，必然會再聚首，如八〇年代探討戰後嬰兒潮世代的經典電影《大寒》（The Big Chill），看看我們曾經努力帶給孩子笑容的集體記憶，一場試圖彌補理想失落、找回土地情感的社會運動。

觸動

地點：台中后里

阿姑丟了六千元上桌説，「其他的你們去張羅，給囝仔看場戲」。平常大家週末是
泡茶、吃飯，因為阿姑的六千元，大家出現新的使命，后里那場，就擠了出來了。

柯一正：四年前，李永豐找我講 319 兒童藝術工程下鄉，我正在接受化療，他說
「現在局勢這麼亂（紅衫軍倒扁），人心浮動，藍綠改不了，大人改不
了，我們應該為小孩做一些事情」，他冠冕堂皇的遊說，「創意！美學！
是未來最大的競爭力」。媽的，我竟然被他洗腦。

　　　　剛開始，我也不相信可以走完，真正做了以後，我卻十分有信心。我最
近參加金山那場，官方不理，但十五個在地居民發動，服裝店、早餐攤、
水電行都擺捐款箱，自己故鄉自己顧，看到演出時，連他們自己都感動。
這些鄉鎮的觸動，都是我們發起人始料未及的。

吳念真：李永豐當初跟我講要變成「社會運動」。我說「放在心裡當美夢，想想
就好」。因為政治操作，台灣的群體活動都很冷漠，大家等政府、等別
人來幫我做，尤其是又窮又遠的鄉鎮，談主動很難。但走過這一趟，讓
鄉鎮把自己的情感激發出來，以後不管做什麼，都有可能達成。

　　　　我是一個拘謹的人，開口募款、演講，很不習慣。為了 319，就算演講
只募到四千元，回來譙了兩句，下次派任務，我還是去。這對我的性格
是很大的改變，「以後為了小孩，為了社區，跟人家開口，比較敢了」。
我很佩服簡志忠，他社會經營很好，由他帶頭號召，套句共產黨的話：「起
了很大的作用。」

連結

地點：石岡

「天光時，下田拔完菜，飛快騎著腳踏車衝上橋，停好腳踏車，回到橋另外一端幫爸媽把菜車使力推上坡，到了市場擺攤後，再匆匆的騎車回家換制服上課。」簡志忠跟現場的小朋友說：「以後你們去台北打拚，碰到困難，想起家鄉就有力量，小朋友，要像林董事長一樣，成功以後不要忘了回饋故鄉，好不好？」

簡志忠：我在在台上講完這段話後，神腦董事長林保雍十分驚訝地問我，「你怎知道這一段？」因為他對故鄉的情感，第一次被公開講出來。319活動，我只跟兩個朋友開口，但我們的球隊，有四分之三的企業老闆，被感染而投入。台灣很多中小企業離鄉背井來都市發展，千辛萬苦有點成就，你要他為故鄉做些什麼，他都願意，只是以前找上他們都是一些選舉，剛好有319這樣的事情，讓他們有機會跟故鄉連結起來。

我的朋友詹忠志，當初因為父親生意失敗，在小學六年級時，全家倉促離開故鄉，這次他回捐彰化永靖，表演那晚，舅公、嬸婆、阿姨、叔叔都來了。我在台上介紹他，「全球五個工廠，員工高達一萬多人」。下台後，他馬上跟我講「我還要再捐一場」，因為這一場，讓他跟家鄉父老重新修補了情分。

不管是傷心的、愉快的、辛苦的，這些人，抱持著什麼樣的心情離鄉，想要用什麼方式回饋家鄉？從沒有人去「挑」起這條線。這次參與319意外被連結起來。

依靠

地點：麵攤

四年前活動剛開始，有一回我跟李永豐去找某家公司募款，對方說幫忙可以，但錢沒有。搞到中午，我很失望，兩人去麵攤，失落的點碗餛飩麵，「你會挫折嗎？」我問李永豐，「媽的，大學考七次，我怎麼會怕挫折？等麵

吃完，老子今天一定要找到一個贊助者。」

柯一正：我是一個很怕挫折的人，但這個人（李永豐）是被幹譙長大，什麼都不怕。連我們的好友小野（時任華視總經理）看到我們提計畫案，都以為我們去訛詐他。

李永豐：被拒絕對我來講，是正常的事，我這輩子沒做過什麼好事。我覺得我是 319 最大的獲利者。除了一場募三十五萬之外，紙風車基金會每年要提撥一筆行政費用，四年下來累積成一串對劇團運作來講艱難萬分的天文數字，但這四年來，很多案子就「掉下來」，補回了這一塊，我想是媽祖有保佑。

最重要的是，以前我們四個假日就窩在吳導青山鎮家中哈拉……（吳念真：我家的塌塌米都被這幾個「賭徒」菸蒂燒壞）。日子過得實在也不錯，但好像又缺少什麼……現在我們的假日活動都不一樣了。

簡志忠：沒錯，就跟台北橋下的派工一樣，李永豐一通電話，「週六你去那個土城那一場……週日再去……」我還心裡暗自高興，「還好我派到北部，柯一正被派到嘉義去……」

李永豐：我跟這三個老頭子一樣，都是鄉下小孩來台北做事，年過中年，事業穩定，生活模式固定，情感的依靠變得很重要。經過這四年，我覺得我們四個的感情更加緊密了。（三人異口同聲：有嗎？）那種心底的安穩，堅定有依靠，對未來的東西，沒有遲疑、驚恐，因為做什麼事情，只要張望四周，朋友兄弟都在，那種心情，是以前沒有的。

啓蒙

地點：澎湖湖西

贊助的朋友（潘文華）捐在澎湖湖西，他嫌 319 沒效率，為何一鄉一鄉慢慢演，應該「我們付錢，用船把小島的人統統載過來集中看戲」。會後，他看到十幾個澎湖媽媽跟他敬禮，「我終於知道你們在幹什麼了！」潘文華回到球隊後跟大家分享，只講：「簡志忠很莫名其妙，看了這麼多場該笑的還是笑，該哭的還是哭。」

簡志忠：我每次看到〈八歲一個人去旅行〉這齣戲，阿欽隻身搭火車到宜蘭，「當車子通過隧道，天地間一下子開闊起來」的旁白配上提琴音樂，我就想哭，雖然看了幾十次，但我每次都當作第一次。以前鄉下小孩被鼓勵好好讀書，不像城裡的小孩有機會接觸表演藝術活動，現在在自己家鄉搭起了和國家劇院一樣大的舞台，看完紙風車的《幻想曲》，就好像〈八歲一個人去旅行〉劇中的阿欽一個人拿著芭樂，站在窗邊看著海和天光的變化，沒有大人管他。319 鄉鎮，很多小孩都是第一次看戲，每次想到這些小朋友因為這樣的心靈啟發，他的人生也好像「車子通過隧道，天地間一下子開闊起來」，我就感動得想哭。

吳念真：我雖然快六十歲了，還記得五歲時，阿公背我去九份昇平戲院看新劇，回程大雨，阿公背著我蓋著他的外套，站在有應公廟前等雨歇，隱約聞到阿公身上的味道，下雨時泥巴的味道。天晴，看到茶壺山，出現霓虹，那天的新劇我還記得有人破窗而出，窗口噴出火焰……
我希望，319 很多年之後，帶給某些小孩這樣的記憶。「有一天晚上很冷，爸爸帶我們去看戲，在追風賽狗場玩得很瘋。」他的人生記住這片段，跳脫課本，這就夠了。
我開玩笑說，二十年後我若出來選總統，只要說「我就是那個阿欽」（〈八歲一個人去旅行〉主角），票就來了，因為看戲的小孩都長大了。

簡志忠：鍾佳濱（屏東縣副縣長）講過，二十年之後，這些看過戲的小孩，某天聚會，當有一人說「我，是一個巫婆」，台下接口「而且是

一個有經驗的巫婆……」（紙風車開場台詞）。那你們就自己創造了一個屬於你們自己的時代。

陪對

地點：台北

「今年哪一家需要尾牙節目，319有捐贈的企業，我們都要演。我要劇團八仙過海戲服重做，老梗的劇碼不行，得演吉祥戲，團員得去練蔡依林折來折去？（編按：折手舞）反正就是要現代、新鮮的，」大家演戲已經哀哀叫了，還得練尾牙，「沒辦法啊，我就是要回饋啊！」

李永豐：對三大老來講，參加319是很大負擔。他們這種年紀，社會地位都很高了，要開口求人已經很難，最難的是要陪對（台語：還人情債）。這是很恐怖的事情，一輩子要還的。

他們跟人家開口，以後人家對他開口，也無法拒絕。六十幾萬小朋友看完戲，這些人的陪對是還不完的。

「我是詛咒給別人死，陪對是很恐怖的事情。」（柯一正：你知道也不在乎啊！）

沒錯，這是你們三大老自己要去處理。

吳念真：很多贊助者後來都變成好友。兒子結婚的、嫁女兒的、長輩過世的、連工廠開幕，我們都得去跳加官……

這傢伙（李永豐）有回晚上跟贊助者喝完酒，竟然號稱成立了風火輪基金會，說以後紙風車活動若有需要，這些老闆猶如三太子，踏著火輪來支援，半夜從酒攤打電話來：「吳導，謝謝你找這件事情讓我們做……」每個都語無倫次，但好像又煞有其事……

李永豐：我就是好大喜功。人家給我們的，不只是三十五萬一場的捐款，而是人與人的關係重新建立，像簡志忠社長他們的球隊四分之三

都是贊助者，這人情不能不還啊。

藩籬

地點：高雄鳥松

「現場準備一千五百張椅子，來了三千五百人，反應熱烈，本場贊助者與全家店長到場致詞，散會時，會場附近的 7-11 店長請大家喝咖啡⋯⋯」

李永豐：這通319行程報告的簡訊，有沒有發錯啊？全家超商贊助的場子，7-11 請喝咖啡？這個屌啊！

簡志忠：我跟星雲大師在某些立場上不見得相同，但是佛光山傾力協助319 鄉村兒童藝術工程，出錢出力，到南部、宜蘭、彰化，佛光山都提供道場供團員住宿，山門破例在凌晨開啟，出發前，每人兩個便當，因為師父擔心年輕的演員素便當吃不飽。

有一回我去看星雲法師，他當著崇她社的會員面前說，「你們來看我，是護持佛法，他（簡志忠）現在做的事情，讓鄉下兒童看戲，縮小城鄉差距，也是佛法，你們應該護持。」星雲大師從未懷疑這活動做得完嗎？可能嗎？他就是協助，從不懷疑。

我一些朋友政治見解跟我不同，但是大家參與 319 這件事情，讓我們重新認識彼此。以前他們都聽不懂台語，他說他和人說話，要從對方的表情和語氣上去揣摩對方是善意還是惡意，經過這一次到澎湖五場巡迴大家密集接觸，到了最後一場，他主動跟演員講話，含著眼淚說：「你們都比我的孩子好，以後有事情可以找我。」由此可以看出，這些朋友，他們愛台灣的心，是不比別人少的。

盛情

地點：苗栗後龍

鄉長在台上說，有一天，鄉公所的文化科跑來跟他講有個叫紙風車說要來演戲。「我也知道要演戲，但你跟他講沒錢啦！」「可是，對方說不用錢。」「沒錢也演，你相信？碰上詐騙集團啦，你豬頭啊……」

簡志忠：演完後，鄉長不讓我們走。忙著弄西瓜、米粉，一箱箱搬上車，把車子的後車廂都塞滿了……他說自己不太會講話，但我們知道，這是他表達謝意的方式。

柯一正：很多時候在地民眾給我們的回饋，讓我們表演完後，體力耗盡，但精神飽滿。尤其中南部民眾雖不善言詞，但那種默默的熱情，讓我們感動。

吳念真：到關廟演完，一桶麵，一桶滷湯，厚，有夠好吃。還有，還有，新埔散場，消防隊載來那桶滷肉與筍乾，實在令人懷念。

簡志忠：大家都共推嘉義市的「林聰明沙鍋魚頭」超級美味，每次只要到嘉義演出，老闆會在散場時，準備整面盆的沙鍋魚頭送抵會場，熱騰騰款待工作人員。

吳念真：印象最深刻的是屏東鹽埔那一場，消夜是山老鼠肉炒飯，實在太震撼了，我們只好挑青菜吃，這是在地人款待客人的佳餚，而且那家店名就叫「男人補給站」，夠猛！

阿護

地點：台中東勢

「節目完了，工作人員卸妝了，突然聽到小孩號啕大哭，一旁媽媽解釋，剛剛到場外排隊買棉花糖，沒想到一返頭，已經散場，小朋友來不及把錢投到捐款箱，巫婆一聽，趕緊把戲服穿起來，端著捐款箱出來……」

李永豐：這是我去處理的，怎能讓小孩沒有滿足回家呢？巫婆已經卸妝，還是得再飛出去。

吳念真：在台中神岡，有一個阿嬤，散會時把她當天回收寶特瓶的錢，投入捐款箱，也許在她艱困的生活，記得曾經有這樣一天，她參與了這個活動。

在石岡演出，雨停了，村長與兩位老人，三頭白髮低頭擦椅子，像是阿護孫子的動作很細膩。常常有鄉下歐巴桑散會後走過來說，「導演真道謝，今暗讓囝仔真歡喜」。每一隻手都是黑黑、粗糙的。我很想跟她們講，「真的沒做什麼。你們都忙完，我們只是講講話而已。」

我曾經在張大魯的照片中，看到演員在炎炎夏日中暑，坐在舞台階梯，一個挨著一個刮痧。我眼淚快掉下來，「我們這些大人只出一張嘴，這些小孩累得半死」。對演員也是很大的成長，全世界沒有一個舞台，可在這麼短的時間內，把全國的鄉鎮走完。

無憾

地點：台北

「以前李永豐來找我談案子，我都聽聽就算了。四年前他來找我談 319 時，慎重地帶著電腦來簡報，我邊看錶，邊揮手叫他講重點就好，他說只要寫八百字（發起人的話）。我想這很簡單交差，直到『319 鄉村兒童藝術工程』下鄉發起人記者會中，我看到柯一正蒼白的臉（柯導術後第一次露臉）。原來這是柯一正冒著老命，第一次這麼在意的事情……」

簡志忠：我心中很震撼，想到柯一正癌後復出，原來最在乎的是這件事情，我把李永豐叫來，嚴肅地對他說：「你若要做，就不要開玩笑。」
吳念真轉頭對柯一正說：「他（簡志忠）想幫你最後留念，怕你抱憾而去……」

柯一正：小時候念書時一個人出五毛錢，全校一起出資，請李棠華來學校
　　　　表演或是進劇院看電影，這些片段，促使我後來走上戲劇這條
　　　　路。我常在想，創意是什麼？如果小時候就培養出創意力，不管
　　　　你長大後是當業務、當老師、做生意，一定可以比別人好，因為
　　　　那就是一種競爭力。那是需要從小培養，並透過集體的力量去發
　　　　酵。

吳念真：就像日本甲子園，如果家鄉有個高中球隊去比賽，大家都會相招
　　　　去加油，那裡頭是有一種情感的連結。今年我去沖繩，恰巧沖繩
　　　　打進最後的甲子園決賽，結果大街小巷都沒人，因為大家不是守
　　　　在家裡看電視，就是跑去百貨公司看轉播。
　　　　美國大聯盟最偉大的兩支球隊，一支是紅襪，一支是道奇，你如
　　　　果去波士頓一定要戴 B 開頭的球帽，要是戴 N 開頭（就是 NY
　　　　啦！）肯定被白眼以對（眾人哈哈大笑）。

簡志忠：這讓我想起紅襪在睽違八十六年，當 2004 年拿到世界冠軍時，
　　　　波士頓紅襪球評 Bill Simmons 感動之餘，還寫了一本書《*Now, I
　　　　can die in peace.*》，意思是說他終於可以死而無憾了，你看這
　　　　種連結的情感有多強烈啊！

李永豐：對，再搞六年，我們可以大聲地說：「老子也能平和死去……」

火種

地點：紙風車基金會

金山那群人呼朋引伴，西螺水電工號召一千多人捐款……這四年來，台灣
鄉鎮自發性投入 319 的人越來越多，他們投入自己家鄉的故事。第一哩路
預計花五年，第二哩路再花六年……

李永豐：我們若要走第二哩路，應該要輔助鄉鎮，要拉長時間，透過說服、

喚起熱情。319 鄉鎮只要有一百個鄉鎮有自發組織，就算成功了。因為這種模式在亞洲與全球都是罕見。我預計十二年⋯⋯台灣就開啦！

（三大老面色凝重中）

吳念真：第一哩路，陪對已經沒收山（台語：難收場），又第二哩路豈不全山屏！

李永豐：不會啦，眼睛一閉，牙一咬，就過了啊！

吳念真：若真的要走第二哩路，應該針對每一個鄉鎮特質、人口比重，小孩多的演兒童劇，老人多的可以情商歌仔戲，青少年多的就找樂團去，這樣文化團體也可以參與。藝術團體也不用像紙風車這樣，負擔巨大的單一成本。

李永豐：在二十一世紀之初，就是因為我們這群蠢蛋出現，台灣可以重新回到廟會年代。

吳念真：台灣人以前情感聯繫是靠廟會。基隆是五月初三，九份那邊是八月

十四。親戚都會打電話來叫。吃拜拜。女人在灶腳互吐心事，男人在客廳拚酒。要做媒、找頭路，都是利用那一場交流進行。

但這種年度的情感聯繫直到國民黨宣布統一聯合大拜拜，以節約為名，打斷感情交流。從此之後，台灣人最多的聚集變成選舉，實在可悲。

李永豐（高振雙臂）：執政者不了解文化感情底層的流動。一年只有那一天，儉腸捏肚為那一天可以豪情請客。我們一定要找出鄉鎮情感的串連，繼續走第二哩路，讓台灣人際關係，重返廟會年代。

（三大老抿嘴不回應……）

李永豐（起身＋振臂）：過去四年，乎焉已過。未來六年，也是乎‧乎‧焉‧焉也就過了。

（三大老齊聲：聽你咧……）

李永豐：不會啦。眼睛一閉，就過了，ＯＫ的啦！台灣！開啦！

下半場

對生命的熱力十足

96.2.10 嘉義義竹

這場演出，本來我們以為它是一個單純的演出！本來我們以為它可以單純用第一場民間推動的演出做為媒體號召！後來我們知道在義竹鄉公所裡，它不會是一場單純的演出，故事就從一通電話開始，我們知道要踩街，我們知道有遊行，我們還知道晚上有烤山豬和鱷魚肉……終於我們知道，這場在義竹的演出一點都不「單純」……

第 152 鄉 · 第 173 場 98.02.28 雲林縣元長鄉 · 元長國中 2600 人 贊助：元長鄉各界熱心人士
第 153 鄉 · 第 174 場 98.03.07 台中縣大安鄉 · 大安國小 1500 人 贊助：義美食品高志遠、王瑪莉

踩街開始，我們要先布置車子，義竹鄉公所準備了兩台卡車和一台廂型車，我們就開始以車當畫布玩了起來（請自行配輕快的音樂）。

車子上路，在不算小的道路上，我們幾台噗噗，就這麼穿梭在那「田間小路」上，（真的都是田喔！）還有可愛的巫婆們和犧牲演出的秘書，整個有可愛到！

吉利狗：「真的都是田耶！請叫我 Jack……I am king of the world……來吧！義竹的孩子！呼！哈！」

第 154 鄉 · 第 175 場 98.03.08 桃園縣大溪鎮 · 大溪國小 1200 人 贊助：趨勢科技股份有限公司
第 155 鄉 · 第 176 場 98.03.14 雲林縣口湖鄉 · 下崙國小 2300 人 贊助：吳永昇先生及各地熱情鄉親

特技演員出場，什麼叫台上一分鐘台下十年功，什麼叫專業，什麼叫精采！以前不是有一首歌叫「小丑」嗎？是他的專業，化做喜悅，呈現給你～！（我們家的演員都開心又專業，一級棒！）

水啦！

讚啦！

我也是特技演員喔！

演出的同時,我們旁邊還有小朋友很認真的在發糖果耶!

阿欽的姨婆:「勁古椎,古椎!古椎!」

有精采嘸!有喔!拍婆仔啦~(註:台語鼓掌之意,請勿讀成「打某啦」要愛某喔!)

第 157 鄉 · 第 179 場 98.04.12 雲林縣斗南鎮 · 斗南鎮立田徑場 4500 人 贊助:黃福鵬鎮長、醫師群及各界熱心人士
第 158 鄉 · 第 180 場 98.04.17 新竹縣新埔鎮 · 新埔鎮鳳山溪河濱公園 3200 人 贊助:台灣土地開發股份有限公司

義竹，濃厚的熱情和人情味，光一個遊街就這麼大陣仗，足見他們對生命的熱力十足。從籌組行動組織會開始，大陣仗就讓我們覺得不可以小看這場演出。看來，他們龍井的觀摩，只是吸取經驗，現場的分工，才是王道，每個人各司其職，踩街的時間安排得分毫不差，太厲害了！

謝謝沒被我們拍到的蔡麗鈴課長、葉誌明課長、佘聰法課長……好多好多。謝謝你們幫我們創造這一筆紀錄！

第 183 場 98.04.24 屏東縣林邊鄉 · 河濱公園　4000 人 贊助：佳美食品工業（股）公司 林森桃
第 160 鄉 · 第 184 場 98.04.25 嘉義縣鹿草鄉 · 鹿草國小 3000 人 贊助：鹿草各界熱心人士

給孩子一把開門的鑰匙
黎明自然科學中心創辦人　黎明老師

　　我喜歡小孩，從事孩子的基礎教育工作，最大夢想是創辦一所理想的學校，學生不必花太多時間就可以對課業勝任愉快。我期待這個中心的成員具有同樣想法，也不定期贊助某些活動，但往往是賑濟或短期性質，沒有機會直接參與，直到發現「孩子的第一哩路」理念相符而有了第一次接觸，從此形成持續的關注。雖然不常見面，319卻成為我心頭的掛念，有空就上網看看，現在走到哪裡了？還有多少鄉鎮沒走完？

　　選擇沒有太大關聯的梧棲，其實只是單純想要更加了解北部以外的區域，衡量交通及時間因素，最後選定距離三十五萬捐款目標最遠的地區。梧棲，以前是台灣的四大港之一，我們曾經在課本上看過，因為這次機緣，有了許多「第一次」，也是很有意思的發展。

　　當天提早抵達的我們，第一次目睹劇團人員搭舞台、排鐵椅，這才發現，哇，原來兒童舞台劇的規模可以這麼龐大。老一輩沒有帶孩子欣賞文化活動的觀念，等到自己為人父母，雖然有心引領，卻一直沒有合適機會入門。那天，我深深感受到紙風車的不簡單，透過這個計畫，將許多原本不相識的人拉進來，而且大家共同做這件事的心情還滿愉快的。

　　看到大雨不停，我很擔心擺那麼多椅子沒人坐，那種心情彷彿自己在辦喜事，就連洗車也問老闆：「公園有戲，要不要去看？」萬萬想不到，即使下雨也來了那麼多觀眾，幾千人穿著雨衣看戲的場景讓我很震撼，有的家庭甚至遠從苗栗來，同樣戲碼即使看了好幾遍，小孩還是一樣開心。老實說，父母平常帶小孩出遊，大人有時並不想玩，等在那裡其實很無聊，但紙風車老少咸宜的多元表演，讓親子互動更具意義，不僅小孩歡樂，大人也很投入。離開前，有位媽媽帶著小孩向我行禮說，「謝謝伯伯贊助這場活動」，我第一次被人這樣子行禮，強烈感受到319的影響力，尤其是第一次看戲的人，內心必定有什麼東西在發酵著。

　　兒時記憶是孩子創造的動力，童年如

第161鄉 · 第185場 98.04.26 雲林縣四湖鄉 · 四湖參天宮 2000人 贊助：四湖鄉各界熱心人士
第186場 98.05.02 台北縣三重市 · 碧華國小 2800人 贊助：三重市布街商街促進會

果豐富，往往成為以後的本錢，吳念真導演就是最鮮明的例證，他或許沒有使用華麗的詞藻，卻深深打動人心，光是描述阿公揹他看戲，對阿公身上汗臭味的形容就那麼鮮活。我童年沒有那麼豐富的田野記憶，似乎比在鄉下成長的小孩吃虧一點；現在的小孩更貧瘠，父母應該讓他們多元體驗，給孩子一把開門的鑰匙，他們自然而然會去尋找、關心不一樣的世界。

　　我認為，不需要給小孩留太多錢，應該讓他們留下記憶、留下帶不走的東西。我的孩子雖然沒有到梧棲，事後卻很好奇為什麼會有紙風車信件？為什麼帶了兩把椅子回家？等孩子的學業告一段落，我希望他們實際感受 319 的魅力，或許，去幫忙排排鐵椅子，也是不錯的開始呢。

> **給孩子的一句話：**
> 兒時記憶是一輩子用不完的寶藏，家長應該提供機會，為孩子追求及創造多元的生活經驗。

第 162 鄉 · 第 187 場 98.05.06 屏東縣霧台鄉 · 神山部落運動場 350 人 贊助：財團法人浩然基金會
第 163 鄉 · 第 188 場 98.05.07 屏東縣三地門鄉 · 三地國小 900 人 贊助：財團法人浩然基金會

合囝仔口味的豐盛饗宴

新北市三重碧華布街商圈促進會前理事長　陳子木

　　我跟吳念真導演一樣，出生在窮鄉僻壤的所在──雲林元長地區的一個小村落，而且是全庄最艱苦、最散赤（貧窮）的家庭。看到〈八歲一個人去旅行〉的阿欽，感觸特別深。我們家破落到什麼程度呢？每次一下雨，厝內就這裡漏那裡漏，得拿著臉盆去接雨水；小學時也因為繳不起學費，很害怕上學；我五歲撿土豆、八歲開始有點力氣就去撿番薯，九歲那年甚至因而被田主一腳踢傷，在床上躺了兩個半月卻沒錢看醫生，幸而好心的衛生所主任、國術館師傳救了我一命；到了十四歲小學畢業後，就跟著父親在海口飼鴨兩年，母親

擔心我沒有一技之長、以後可能娶嘸某（討不到老婆），於是帶我到台北，她替人煮飯、我當學徒，一路打拚創業直到今天。

　　從我們田庄走到市內要好幾個鐘頭，但即使是庄腳戲院，成人票也要五塊、兒童票兩塊半，我們根本付不起，那樣的經濟環境，當然不可能去看戲，完全是奢想。我以前就盼望，如果有一天生活過得去，一定要回饋社會，不過因為我的能力有限，只能做一點小事情；後來，聽聞「紙風車劇團」的名聲、看到他們下鄉演出的 319 活動，這麼高水準、大舞台的文化饗宴，相當具有啓發

第 164 鄉　·　第 189 場 98.05.08 屏東縣來義鄉　·　來義高中 1000 人 贊助：財團法人浩然基金會、王紫瑾先生
第 165 鄉　·　第 190 場 98.05.15 台北縣金山鄉　·　金美夜市廣場 2700 人 贊助：熱愛金山的各界團體及大小朋友

第 191 場　98.05.22　台南市　‧　裕孝路 & 裕平路口　2600 人　贊助：僑昱建築股份有限公司
第 192 場　98.05.23　高雄縣林園鄉　‧　中芸國中　4200 人　贊助：台灣大哥大、台灣大寬頻、鳳信有線電視

性，對小朋友很有教育意義，於是在（女兒）貞妃及王（貞文）小姐溝通接洽之下，慕名邀請他們為三重埔的布街表演。

為了這場演出，我們事先相招到桃園平鎮看了《幻想曲》，當天有一、二十人，大家特地開了好幾部車下去，親眼目睹現場熱烈的迴響，不僅孩子們笑嗨嗨，大人也深受感動，對於邀請「紙風車」來咱布街更加期待。因為，要替孩子演出這麼盛大的舞台劇，如同辦一桌豐盛大餐，內容應該有營養、有涵義，

但是也要符合囡仔的口味、讓孩子們吃得歡喜，這麼不簡單的工程，「紙風車」完全做到了！

果然，當天在三重碧華國小演出的《武松打虎》，吸引了差不多三千人，整個運動場坐得滿滿的，就連司令台、後面的教室樓上也是人山人海，小朋友看得嘴笑眉笑，大朋友也非常投入，直到現在談起來，還有人覺得很懷念呢。很感謝「紙風車劇團」，更感謝許多朋友熱情鬥陣相挺支持。

正因為自己少年艱苦出身，更希望大

第 193 場 98.05.24 台中縣石岡鄉 ‧ 土牛國小 1800 人 贊助：財團法人神腦國際科技文教基金會
第 194 場 98.05.26 南投縣埔里鎮 ‧ 普台國小 3000 人 贊助：南投縣私立普台國民中小學家長委員會

家共同關心下一代，讓我們的社區培育一些好子孫，而培育優秀的子子孫孫，就要從教育及學習環境做起。我相信，「紙風車」發揮的正面效應，將成為影響下一代的重要力量。

〈備註〉

　　陳子木特別感謝贊助這場演出的銀冠布行、上易行、東村建設、亞力山大音樂學院、正東布行、新昇布行、富竣興業、門匠企業、華南銀行（西三重分行）以及新北市三重碧華布街商圈促進會，還有提供場地的碧華國小蔡寶俊校長、當天辛勤為大家服務的三重市布街商圈促進會工作人員及碧華國小志工，因為他們的付出，才能讓這個活動如此圓滿。

給孩子的一句話：

在美好的文化教育薰陶啓發之下，願我們的後代子子孫孫成爲國家的棟樑、社會的菁英。

第 166 鄉　·　第 195 場 98.05.28 苗栗縣三義鄉　·　建中國小　2500 人　贊助：三義鄉各界熱心民眾
第 167 鄉　·　第 196 場 98.06.12 澎湖縣湖西鄉　·　湖西國小　1200 人　贊助：潘文華、王嘉鄰賢伉儷及各界熱心人士

父親的第一哩路

苗栗三義人　羅碧玲

　　還記得紙風車來表演那天剛好是端午節假期，但天公不作美，一早便在飄雨，我和母親、弟弟全都憂心忡忡，深怕準備了這麼久，功虧一簣。

　　工作人員忙進忙出的，一如往常準備著。援往例的開場前祭拜儀式，母親也拿著香與大家一起虔誠膜拜，祈求老天爺幫幫忙，讓雨別再下了，讓三義鄉的大人小孩們，可以好好看場戲；也讓過去一直關心著鄉內孩子教育的亡夫可以不再遺憾。

　　說也奇怪，母親拜拜過後，雨，奇蹟似地，停了。

　　巧合還不只一樁，我總覺得，冥冥中，剛過世一年的父親正在天上看望著我們。父親羅兆盛和母親詹香妹在三義開設電器行，但在成長的記憶裡，父親一直都想從事幼教工作，總覺得山裡的小孩也該和都市小孩一樣，有機會可以接受更好的教育，後來的因緣際會下，創立了「名人幼稚園」（編註：現由弟弟羅文彬經營）。

　　說起自家幼稚園，一旁的羅媽媽欣慰地說，家長都告訴我，羅家開的幼稚園，是「都市水準，鄉下收費」。但，世事難料，父親在 2008 年 4 月癌症過世，壯志未酬。

　　父親過世後的某日，聽說紙風車劇團

第 168 鄉・第 197 場 98.06.13 澎湖縣西嶼鄉・西嶼國中 700 人 贊助：徐靜、盧同聖賢伉儷及各界熱心人士
第 169 鄉・第 198 場 98.06.14 澎湖縣白沙鄉・龍德宮前廣場 1500 人 贊助：徐靜、盧同聖賢伉儷、吳永昇及各界熱心人士

在鄰近的公館鄉演出，老公與我開車帶著兩個女兒到公館看表演，整個演出，笑聲不斷，但當看到阿欽八歲之旅時，看到坐在我隔壁的一位阿婆（客語）似有所感地流下眼淚。那一幕，不停的淚水，深深地觸動了我。

回家的路上，女兒對我說：「紙風車好好看哦，我希望我的同學也可以看到。」女兒的童言童語，當下讓我決定，要讓三義的鄉民也可以看到紙風車劇團。本想拿出私房錢再募款的，沒想到，母親和兩位弟弟一聽到我的計畫，出錢出力，全力支持，媽媽更說，這是爸爸的願望。

一如往常，羅氏家族的親族長輩們登高一呼，羅家上上下下總動員，各自利用自己的人脈敲鑼打鼓，出錢出力，鄉長及鄉公所更是傾全力支持贊助。大家在鄉內各學校及各公司，甚至銀行郵局等公共場合的公布欄張貼海報，夾報發送傳單，並利用現代科技網路散發訊息，就是希望能滴水不漏地讓鄉內的大人小孩都知道這件事，空出時間全家一起來看戲。

錢到位了，場地呢？探勘的三個地點都被否決，最後決定的場地在三義的制高點──建中國小，巧的是，搭建的舞台正後方，正是父親靈位臨時安厝之

第 170 鄉 · 第 199 場 98.06.15 澎湖縣望安鄉 · 望安多功能活動中心 200 人 贊助：美商摩根大通集團及各界熱心人士
第 171 鄉 · 第 200 場 98.06.17 澎湖縣七美鄉 · 七美國中 800 人 贊助：周皓、唐筱雯賢伉儷及各界熱心人士

處。也正是母親向天膜拜的方向。

　　當天下午，雨停了，戲就快上演了，羅氏家族展現驚人的團結力量！「嫁出去的，娶進來的，南來北往，大家不遠千里而來」，再加上三義本地及紙風車的粉絲志工的力量，大家一起協助場地布置，開宣傳車到大街小巷深山裡用音響廣播宣傳，演出時的發送宣傳單與維持秩序；縣長來了，鄉長來了，父親的兄長老友來了，超過兩千五百人齊聚一堂，雨停了，汗留下來，淚水也滴下來。

　　羅家家族的傳統精神持續著，團結互助，不分男女老少，大家齊心協力完成工作。那一刻，忍不住激動地對母親說：「大家不會因為父親的離去而分散了！」羅氏家族緊緊相連在一起。

　　母親，笑了；高齡八十好幾而拘謹的大伯也開懷大笑；退休的老校長，將小孫女頂在頭上看戲，老人、小孩，大家笑得合不攏嘴，媽媽真的覺得，足以堪慰丈夫在天之靈了。

　　苗栗的大家長劉政鴻感動了，當場允諾規畫 18 鄉鎮的巡迴演出，讓縣內孩童都能欣賞到這充滿歡愉的藝術表演，

第 172 鄉 · 第 201 場 98.06.25 花蓮縣壽豐鄉 · 壽豐國小 1200 人 贊助：美商摩根大通集團及壽豐鄉各地熱情民眾
第 202 場 98.06.26 台東縣台東市 · 寶桑國小 1500 人 贊助：中國信託慈善基金會

這是苗栗兒童戲劇嘉年華的由來。文化
與藝術的種子悄悄播下，在過去被戲稱
為文化沙漠的苗栗山城的各個角落，開
出一朵朵美麗的花海。

　　繼承父親衣缽的弟弟文彬說：「要讓
孩子站得高，才能看得遠……」，我站
在三義的制高點建中國小，遙望三義的
好山好水，我知道，冥冥之中，父親自
有安排。

> **給孩子的一句話：**
> 羅媽媽：給孩子快樂很重要。
> 羅碧玲：看得更多，以後可以
> 飛得更遠。
> 羅文彬：站得高，才能看得遠。
> 羅鴻鈞：創造夢想，追求夢想，
> 實踐夢想。

第 203 場 98.07.03 桃園縣大園鄉 · 竹圍國中 1200 人 贊助：美商摩根大通集團
第 173 鄉 · 第 204 場 98.07.04 桃園縣中壢市 · 光明公園 4000 人 贊助：保力達股份有限公司

那一晚，是七美永恆的傳說

七美國中教師　吳憶如

98 年 6 月 17 日，紙風車「國家劇院級」的舞台，終於在七美國中的操場架起來了！從來沒看過兒童劇的孩子們，瞪大了眼睛，不敢相信舞台居然有這麼大，連忙跑來告訴我他們的各種驚奇，而我的心中卻充滿了各種複雜的情緒，滿滿的感動充溢著胸口，讓我直到戲開始上演時，都不敢往後看孩子們的笑容，就怕眼淚會不聽話地掉下來，這是多少人的信任、多少人的關懷、多少人的努力共同寫下的七美歷史啊……

這一夜的故事，要從 97 年年中我在「張大魯的攝情布拉格」上發現 319 鄉村藝術工程的訊息開始。由於我一直都是電影與舞台劇的愛好者，所以很受到這個理念的吸引，跟先生分享之後，便共同持續關注 319 的發展，看到一個鄉鎮接著一個鄉鎮的陸續演出，以及一段又一段動人的募款故事。有老師為了孩子揹著募款箱四處奔走，有早餐店的老闆為了故鄉而「不自量力」的執行不可能的任務，我心中的那把火也開始被點燃了，直到看到自己的故鄉東港的 319 捐款名單上，一整列的寫著捐款人的地址「東港、東港、東港……」我便開始做起了「319 大夢」，想像著在七美蔚藍的星空下架起了那個讓孩子綻放笑容的舞台，而捐款名單上一長串的來自「七美、七美、七美……」的心與心的串連，該是多麼美好的故事。

我和先生開始打著如意算盤：一場三十五萬，只要一個人募一百元，大約三千五百人就可以了，想想自己的朋友加上教過的學生，應該不難。一開始，先生就先尋求他的老闆鄉代表會主席認可，沒想到主席不但大力支持，還表示夫人早就在關注 319 藝術工程，很希望我們可以讓紙風車的舞台在七美架起！一開始就得到了肯定，我們夫妻倆更強化了信念，我也開始放手去做，除了鄉內的公家機構、家長會會長、婦女會和自己在學校的同事之外，還得到七美有線電視系統業者的支持，免費提供廣告時間讓我們播放四頁的簡報募款，先生也在 98 年元旦架起了「2009 年夏天七美孩童的圓夢計畫『紙風車在七美』的

第 174 鄉・第 205 場 98.07.05 嘉義縣民雄鄉・民雄國小 4300 人 贊助：奕安診所王樂衡醫師
第 175 鄉・第 206 場 98.07.11 南投縣魚池鄉・東光國小 2000 人 贊助：魚池鄉東光村各界熱心人士

官方網站」，告訴孩子們「我們要這樣的舞台」！

沒想到，神奇的網路串連，就從我們在張大魯的部落格上留言開始了！大魯不但把我們部落格上的照片放了上去，還為我們的網站做了連結，接著「蘋果妹」也來了！許多完全陌生的網友開始為我們打氣、加入募款行列，而跟我們一樣為了幫孩子圓夢而進行不可能任務的「澳底紙風車」也因此和我們義結同盟。二月的某一天，我們突然接獲了一筆來自「必霸企業」的捐款，一次就捐了三十五萬，這消息完全的振奮了我們，先生趕緊查了全國工商名錄，打電話去致謝，才曉得原來必霸企業的經營者周皓和唐筱雯夫妻是 319 藝術工程的持續贊助者，熱情的他們更在日後與我們結了不解之緣。

演出經費有了著落，該年三月，紙風車開始派人來七美勘查場地，我滿心以為「夢就要實現了！」沒想到負責場勘的小美跟我說：「現場的舞台不能用，而紙風車的舞台要運到七美難度非

第 207 場 98.07.17 彰化縣二林鎮 · 二林高中 1500 人 贊助：黃慧美、黃俊哲、黃俊德、黃俐美
第 208 場 98.07.18 彰化縣彰化市 · 南郭國小操場 4000 人 贊助：黃慧美、黃俊哲、黃俊德、黃俐美

常高。」原來，紙風車的舞台比我想像的大了好幾倍，運費在多番詢價之後，更是高得令人咋舌，光是船運就要六十萬，還要一台在七美從沒出現過的十五噸卡車！

眼看著夢就要實現的我們，像被打了一記悶棍般幾乎要洩了氣……看著許多不認識的網友們，為了我們的夢，捐款、募款，連聖心教養院的孩子們還為我們的心願發起了義賣，我開始遲疑、搖擺，想著：難道為了我的不放棄，就要牽連那麼多的人為我受累嗎？一夜又一夜的與先生看著部落格的留言掙扎著，但想起了對學生們的諾言，想起他們熱切期盼的眼神，我們夫妻倆終於鐵了心，不管再困難都要實現對孩子的承諾。於是，決定再度發起「15噸卡車與七美的故事」活動，籌措比演出費還高出快兩倍的舞台運費。

挺著六個月身孕的我又開始翻電話簿，一個一個打電話，先生則帶著大兒子偷偷地跑去高雄的衛武營看紙風車的演出，想要看看「國家劇院級的舞台」到底有多大？回家之後，兒子一直不停的跟我說：「媽媽，戲真的好好看喔！」到了學校，也不停地跟同學們分享紙風車的戲有多麼令人震撼，說得令他的導師──陳映蓉老師都動了起來，在七美國小也發動了募款活動。

此時，從四面八方匯聚而來的支援力量開始積聚，就在我們費盡了心神還差二十幾萬，都快要絕望時，貴人又出現了！一位蘋果妹的網友「奧斯卡先生」突然匯進「六個二的數目」，解決了我們的難題。說起來慚愧，當初我們還以為他是來「亂」的，因為一個從未謀面的陌生人，居然為了七美遲遲無法架起的舞台而一再地詢問蘋果妹和紙風車：到底差多少？逼問出大約還差二十萬之後，一再叮嚀紙風車的人要提醒他去匯款，因為幾乎天天宅在家中的他，從沒有轉帳過！這樣的人，居然就為了我們匯了六個二的數字，還交代不想被打擾，轉帳後至今仍未讓我們有機會向他道謝，成為我心中永遠的牽掛。

錢解決了，接著是卡車也找到了合適的廠商，連「堆高機」也有如神助地讓我找到學生家長免費提供。終於，那一晚，在七美搭起了夢想中的舞台，孩子們擠滿了操場，鄉民們扶老攜幼地來看戲，議員、鄉代表、鄉長也頭一次並肩坐在台下看表演，連網友們也從四面八方自費搭飛機來七美會面，這一切，叫我如何不感動呢，不禁和先生在舞台前相擁而泣……

戲落了幕，但感動從未停止，319在七美的故事不斷的成為鄉民們傳說的故事，至今，還常有阿公阿嬤跟我說：

第176鄉‧第209場 98.07.22 花蓮縣豐濱鄉‧豐濱國中 500人 贊助：中國信託慈善基金會
第177鄉‧第210場 98.07.23 花蓮縣萬榮鄉‧萬榮國中 500人 贊助：中國信託慈善基金會

「長這麼大，從沒看過那麼大的舞台！」還問我：「到底那個台是怎麼來的啊？」其實，因為船運要配合潮汐的關係，所以舞台是在半夜卸到岸上的，而演出當晚因為要尊重著作權，所以沒有人拍照，隔天當大家帶著相機趕到現場想要拍個空舞台留念時，卻發現：舞台已經不見了，有種如夢一場的感覺，至今，都覺得像老天爺變了魔法一般呢！至今，我仍記得那一個夜晚的味道，也將不斷訴說「紙風車在七美」的故事，讓這些感動一代又一代的傳下去。舞台劇，一幕幕活生生躍動在眼前的戲碼，是七美孩子在長大之後，回憶中美好的一晚，星光燦爛、雋永！

紙風車的 319 藝術工程，令我覺得最不可思議的是──它讓很多陌生人及素昧平生的網友產生連結及信任；它不是建立在我跟你的認識，而是建立在彼此對紙風車的投入上。紙風車的 319 藝術工程讓我們認識了很多各行各業的朋友：紀錄片導演吳乙峰來七美拍攝紙風車的故事及靈鷲山普仁獎在澎湖的設立。這些感動的發酵，就像連漪般不斷的擴散，讓「紙風車在七美」的戲永不落幕！

給孩子的一句話：
相信自己，就會產生未知的力量；相信自己，就一定做得到。

第 178 鄉 · 第 211 場 98.07.24 花蓮縣花蓮市 · 明義國小 3000 人 贊助：中國信託慈善基金會
第 179 鄉 · 第 212 場 98.08.01 台中縣豐原鄉 · 葫蘆墩公園 5000 人 贊助：保力達股份有限公司及各界熱心人士

踏上藝術的第一哩路

96.5.12 嘉義東石

在東石鄉的演出,是由張大魯在他的網誌募款而成行的。張大魯募款的最初目的是為了讓聖心教養院的院生們能有欣賞演出的機會,於是活動當天的一個任務就是協助聖心的院生到活動場地。

因為聖心教養院到演出場地的港墘國小必須跨越朴子到東石的交通要道:縣道 168,而且要到活動地點欣賞演出的院生中有近三十台輪椅,為了同時顧及院生的安全及交通的順暢,因此讓院生、志工及家屬分批出發。

下面照片是聖心院生從出發到進入觀眾席之間的過程:

這是準備出發前先在廣場集合。 出發囉！

過馬路。 咦，鞋子掉了，趕快穿起來！

到港墘國小的校園內。

第 182 鄉 · 第 215 場 98.08.18 台東縣延平鄉 · 桃源國中 350 人 贊助：中國信託慈善基金會及各界熱心人士
第 183 鄉 · 第 216 場 98.08.19 台東縣關山鎮 · 關山國小 1300 人 贊助：中國信託慈善基金會及各界熱心人士

下面的照片是院生在欣賞演出及互動時的表情。

第 184 鄉 · 第 217 場 98.09.04 花蓮縣卓溪鄉 · 卓溪國小 780 人 贊助：中國信託慈善基金會及各界熱心人士

第 185 鄉 · 第 218 場 98.09.05 花蓮縣富里鄉 · 富里國小 1000 人 贊助：中國信託慈善基金會

節目結束後大家一起合照。

聖心的院生能夠前往看演出，這都要感謝各位朋友的協助。

不論是大魯網站的網友、聖心的志工、院生的家屬，甚至是當天休假還到活動現場幫忙的紙風車基金會、綠光劇團的同仁，還有幫忙指揮交通的警察。有了你們的相助，相信聖心的院生都有一個愉快的夜晚。

照片中的作品，是聖心院生用吸管及紙張做的十二生肖。這個作品現在在紙風車基金會辦公室裡，感謝大家。

第 219 場　98.09.06 台東縣成功鄉 ‧ 成功國小　1500 人　贊助：中國信託慈善基金會

第 186 鄉 ‧ 第 220 場　98.09.11 屏東縣車城鄉 ‧ 車城國中　850 人　贊助：屏東城鄉發展文教基金會；財翰（股）公司及各界熱心人士

用藝術點燃孩子的生命之火！

中國信託慈善基金會執行長　高人傑

　　身為一個孩子的父親，我跟大多數的父母一樣，總是期盼能給孩子最好的，讓他們在充滿愛與關懷的環境下成長，更希望他們可以開發出獨特的自我潛能，為自己創造美好的人生。而，值得我們深思的是：什麼樣的教育才能讓他們具備美好人生的「想像力」與「創造力」呢？藝術，應該就是最好的解答。

　　多年來，中國信託慈善基金會長期關注台灣弱勢兒童的問題，期待我們能夠匯集社會大眾的點滴愛心，點燃孩子的生命之火。然而，近年來我們發現，這些孩子似乎不是只有經濟上的匱乏而已，生活視野的侷限，讓他們缺乏對未來「想像」的勇氣與動力。「美好人生的藍圖」甚至不曾在他們的腦海中浮現出些許的輪廓！所以，我們開始思考，除了投入教育資金與生活補助，讓孩子們可以平安健康地長大之外，在心靈陶冶上是否也可以盡一些力？

　　此時，偶然接觸到了紙風車319兒童藝術工程的計畫，正好符合中國信託慈善基金會「Love for Kids」的公益慈善目標，及長期舉辦「點燃生命之火」愛心募款活動幫助弱勢孩童的理念，在同仁實地拜訪紙風車文教基金會之後，

第187鄉‧第221場 98.09.12 屏東縣枋寮鄉‧建興國小 2300人 贊助：枋寮旅北同鄉會及各地熱心人士
第188鄉‧第222場 98.09.13 台南縣新營市‧南瀛綠都心公園大草原 2500人 贊助：黎明自然科學中心及各界熱心人士

更發現團隊中的每一個人，不管是理念、熱情與夢想，都與基金會不謀而合，因此，在 2009 年時我們隨即決定，結合「點燃生命之火」愛心募款活動，將募來的善款捐助給資金資源最匱乏的花東地區十個偏遠鄉鎮，期待這樣的表演能夠將人性關懷、藝術、創意與美學結合，開拓弱勢兒童的生命視野、點亮生命向上的希望火光。

非常開心的是：紙風車沒有讓我們失望，一場又一場的演出，都是在克服天候、交通與環境等種種問題下，實現了「給偏鄉孩子免費看國家劇院級表演」的承諾，看著場場爆滿的觀眾席，聽著一波又一波的笑聲，孩子眼中所綻放的光采、滿足暢懷的笑容，都帶給我們深深的感動……

感動的是：一向人煙稀少的鄉間小路，在演出前奇蹟般地出現了絡繹不絕的人潮；寧靜山城、海邊小鎮，突然在一夕之間幻化成專業級的表演舞台；原本專注力很難超過三十分鐘的孩子們，居然可以聚精會神地看完一個半小時的演出；而且，就算蚊子多到嘴巴都很難打開、台東的焚風熱到令人難以忍受、大雨下得模糊了視線，孩子們的笑聲不

第 189 鄉 · 第 223 場 98.09.18 台南縣楠西鄉 · 楠西國小 2000 人 贊助：楠西教會及各地熱情民眾
第 190 鄉 · 第 224 場 98.09.20 台中縣霧峰鄉 · 亞洲大學 3500 人 贊助：華鴻管理顧問股份有限公司及各地熱情民眾

曾稍減!

　這樣就夠了!孩子的笑聲與眼中的光采,就讓我們感到「這一切都是值得的」。或許,我們很難去驗證,一場表演活動,到底對孩子的未來有多大的影響?但,許多人生轉折的關鍵,不就只因為是某一個機會、某一種溫暖、某一個畫面或是某一齣戲中的某一句台詞嗎?縱使一切都是未知數,但,我們只想給孩子一個愉快的夜晚,一個可能啟發未來想像的機會。這個過程中,或許社會大眾的愛與關懷,以及對社會的回饋行動,對孩子來說,就是一種身教。

而對於生命的正面態度和人生觀,也正是最後幫助他們開創美好人生的重要關鍵。

　由於在花東地區的演出大受好評,獲得許多迴響,因此去年我們再度與紙風車合作,透過中國信託商業銀行舉辦一系列的品牌活動,在台北、台中、台南、高雄、台東等五縣市舉辦六場次的公開巡演,並邀約偏遠小學、社福團體到場觀賞,累積吸引超過上萬名孩子與家長共同參與,帶給他們截然不同、新奇的藝術體驗。2011 年,第 26 屆「點燃生命之火」更持續贊助八個場次,讓偏鄉

第 191 鄉 · 第 225 場 98.09.26 苗栗縣竹南鎮 · 竹南鎮運動公園 2300 人 贊助:財團法人群創教育基金會
第 192 鄉 · 第 226 場 98.09.27 台北縣貢寮鄉 · 澳底壘球場 800 人 贊助:貢寮人社區報、澳底紙風車及吳貴樹先生

孩子有機會在家附近參與這樣別具意義的藝術下鄉活動，創造親子共玩的學習空間與機會。我們熱切地期待，富有創造力、想像力的戲劇表演，能轉化為孩子們生命的翅膀，帶領他們領略不同的文化刺激。

我們真心地盼望，學習不是只有學校和課本，生活不是只有柴米油鹽，未來就如同一張圖畫紙，等待孩子們盡情揮灑。透過藝術下鄉活動激發孩子對於藝術的學習興趣、培植國家未來主人翁的軟實力，或許便是他們開拓未來人生的一個重要的轉捩點。中國信託未來也將以此理念，持續關懷扶助弱勢孩童，讓更多孩子獲得藝術體驗的機會，讓他們也能夠擁有勇於築夢的力量！

> **給孩子的一句話：**
> 生活就要和紙風車一樣，隨著風不停旋轉，將會從中看到不同的色彩。成長就要和紙風車一樣，順勢而為、努力向上，就可以創造不一樣的未來。

第 193 鄉 ‧ 第 227 場 98.10.02 雲林縣林內鄉 ‧ 林內國小 1600 人 贊助：展智創意策略設計有限公司及各地熱情民眾
第 194 鄉 ‧ 第 228 場 98.10.03 雲林縣台西鄉 ‧ 安西府廣場 700 人 贊助：台西鄉及各地熱情民眾

多接觸土地，享受大自然，珍惜童年時光！

保力達股份有限公司董事長　呂百倉

一切的機緣，都來自「明天的氣力！」這句廣告詞的作者吳念真。

從 86 年開始，保力達公司由吳念真導演拍起一系列廣告，我和吳導因此熟識，而理念的契合，讓兩人關係變成超乎工作的好朋友。有一天，他來公司提案時聊起，接下來可能稍忙一點，因為「319 鄉村兒童藝術工程」要啟動了，就是「搬戲給囝仔看啦！」

我的記憶，一下子突然跳回民國 40 年代。我的家住在三重埔，四、五歲的時候，我上有六個姊姊、下有一個妹妹（么弟後來才出生，整整小我八歲），十足布袋戲迷的父親，只要一有空，便喜歡把我揹在背上，帶著我往街頭巷尾溜達看戲。

那麼小的年紀，哪裡看得懂布袋戲或歌仔戲呢？但至今過了半個多世紀，我卻始終不會忘記，「從父親的背上，我所俯瞰看到的兒時土

第 195 鄉 · 第 229 場 98.10.09 高雄縣旗山鄉 · 旗山鎮立體育場 2600 人 贊助：潘文華、王嘉鄌賢伉儷及各地熱情民眾
第 196 鄉 · 第 230 場 98.10.10 桃園縣蘆竹鄉 · 南崁高中 3300 人 贊助：全虹通訊

第 197 鄉 · 第 231 場 98.10.11 台北縣三芝鄉 · 三芝國小 1300 人 贊助：福大橡膠廠股份有限公司董事長王貴清及各界民眾
第 198 鄉 · 第 232 場 98.10.16 彰化縣溪湖鎮 · 溪湖國中操場 4000 人 贊助：溪湖國中 . 徐靜賢伉儷 . 潘文華賢伉儷及各地
　　　　熱情民眾

地、過往的看戲人潮,以及空氣中嬉鬧的熱度,還有那個年代純真的歡樂氣氛!」

一開始,吳念真強調,這項為兒童作的公益演出,主要鎖定小額捐款,目的無非是希望透過廣大的參與,以全民運動的方式,讓它「遍地開花」;只有在募款不足的時候,才會找上企業家。我馬上回他,「你不要和我客氣,這是做好事,保力達有慈善基金會希望帶給孩子歡樂,比較偏遠的鄉鎮、資源少的地方,你隨時告訴我。」在吳念真和紙風車的建議下,我們贊助了豐原和中壢這兩場。

我們這種年紀的人,小時候沒有不苦的。穿著全是補丁的卡其褲,腳踩「中國強」的布鞋,穿沒幾個月就腳底開花,所以雖然有鞋穿,大部分的時間還是打赤腳;即使物質上很匱乏,但卻整天和大自然為伍,踏實踩在田埂的土地上,在戶外野台戲、露天戲院之間穿梭,別有一番風情,反觀現在的小孩,卻只能關在房間打電動、看電影。

紙風車在中壢上演的那天,不知道怎麼地,我彷彿也一起回到童年時光。當天我自己開著車下去,傍晚五、六點還不到,孩子們便興奮開心地在舞台前跑跳,現場扶老攜幼,每一雙孩子的眼神發著光,正如同我小時候,在父親背上看戲的那種期待。

以前我們沒有遊戲的地方,沒有好玩的東西,但生活卻很充實。現在的小孩

第 233 場 98.10.17 雲林縣斗六市・斗六市立運動場 4000 人 贊助:戴信其先生、台日古河銅箔何既明董事長
第 199 鄉・第 234 場 98.10.18 台中縣大甲鎮・大甲鎮立體育場 4500 人 贊助:王玲惠女士、大甲扶輪社、大甲北區扶輪社、大甲中央扶輪社、大甲南區扶輪社、大甲百齡扶輪社及各界人士

反而缺乏充實感，少了和土地接觸的連結，連父母親都怕弄髒；其實，紙風車讓孩子看戲的目的，正是鼓勵孩子走出自我，到戶外接觸大自然，提供一個看戲的機會，和群眾分享欣賞的歡樂，提供一個歷史的連結，讓孩子了解「時代感」，去體會「喔，原來以前阿公阿嬤看野台戲，是這樣的感覺啊！」

紙風車的第一哩路持續進行，果然引起小市民的廣大迴響。有一天，李永豐建議，何不把這些紙風車劇團下鄉演出時，搭舞台拆布景的過程，拍攝放進來保力達的關懷系列廣告？我一聽很喜歡，保力達廣告的初衷，就是將心比心、顧及各行各業，特別是勞力階層對家庭的貢獻和付出；後來我聽說，廣告

播出之後果然效果不錯，感動人之餘，也帶動小額捐款的湧現。

從第一哩路開始，我始終沒有設定所謂的「回饋故鄉」，我的家鄉三重有人捐了，我就轉向需要的地方。所以，如果第二哩路要開跑，我還要繼續支持、繼續贊助，哪裡有需要，我們就到哪裡；哪裡的募款不夠，我們就把資源送過去！

給孩子的一句話：
多接觸土地，享受大自然，珍惜童年時光。

第 200 鄉　·　第 235 場　98.10.30　雲林縣莿桐鄉　·　莿桐國中　3000 人　贊助：莿桐各界熱心人士
第 201 鄉　·　第 236 場　98.10.31　苗栗縣頭份鎮　·　建國國小　3000 人　贊助：財團法人群創教育基金會

時時保持樂觀的心

嘉義縣醫師公會理事、醫師 王樂衛

之前不曾看過紙風車劇團的表演，也不清楚紙風車文教基金會所發起的「319鄉村兒童藝術工程」是什麼東西，會參與此活動，純是無意間翻閱台灣醫界刊物裡有紙風車劇團在各鄉鎮活動訊息，並邀請在地醫師為當地民眾提供醫療諮詢及衛生教育服務，剛好身為社區醫療群的一員，又是醫師公會理事，乃自告奮勇參與98年4月25日下午在鹿草鄉鹿草國小支援活動，有此經驗後進一步上網了解什麼叫「孩子的第一哩路」。

在連上紙風車劇團網站後，就被一篇篇的真情故事給感動，心想怎麼會有那麼多贊助者願意慷慨解囊，盡一己之力完成孩子的戲劇夢，而且這個從原本不被看好的活動，竟然很快就在全國各地蔚為風潮，實在是有夠神奇。

不過當點入「319鄉鎮捐款名冊」，赫然發現全嘉義縣人口最多、也是我的家鄉：民雄鄉，總捐款金額竟只有四萬五千元，還不到演出目標的七分之一，而且大多是其他地區熱心人士的小額捐

款，民雄鄉親所捐還不及一半，內心真是五味雜陳，因而當下就決定要認捐一場三十五萬元，原本的捐款則做為第二哩路的基金，希望在幫民雄子弟圓夢的同時，也能發揮拋磚引玉之效。

活動當天晚上看到台下數千位大人小孩盡情歡笑，心情也跟著輕鬆起來，因為捐款之後，周遭親友的反應南轅北轍，有人持肯定態度，有些則是潑冷水，被笑說當志工花時間義務支援，還要再花費三十五萬元車馬費，內心壓力不小，而且原先敲定的演出日期，又因颱風警報被迫延期，真應了一句好事多磨，所幸結果是皆大歡喜，心中的大石頭才放下。

我是民雄鄉社溝在地人，小時候就讀民雄國小附設幼稚園起，都是靠兩條腿當交通工具，當時不時興專車接送，其實父母也沒有閒工夫接送，上下學都是走路，早上六點多就集合排路隊上學，從幼稚園到國小一共走了七年，沿途兩旁木麻黃、綠油油稻田景色都十分優美，一群孩子就這樣邊走邊聊天，無憂

第 202 鄉 · 第 237 場 98.11.06 宜蘭縣大同鄉 · 大同鄉立運動場 500 人 贊助：中國國際商銀基金會及大同鄉各界熱心人士
第 238 場 98.11.07 雲林縣崙背鄉 · 崙背國中 4000 人 贊助：崙背鄉各地熱情民眾

無慮，對一個禮拜要走六天、每天一個多鐘頭，絲毫不覺得累，只有在下大雨或寒流來襲，才會感到路途還真遙遠。

學生時代，物資還很匱乏，用竹棍子打棒球雖然簡陋，卻是回味無窮，而且下課就是遊戲的開始，過五關、騎馬打仗、跳格子，樣樣玩得不亦樂乎，放學時，捉蟬、灌蟋蟀、釣青蛙，都不用花到錢，就可以瘋上半天。

演出當天，帶著七十多歲媽媽及家人，在現場有不少認識的人前來打招呼、說謝謝，樂得母親笑呵呵，而看到台下的大人小孩笑容洋溢，也分享到那股快樂與喜悅，最令自己震撼的是藉著活動參與，親子關係無形中拉近，內心的感動非筆墨所能形容。

當初嘉中畢業考上醫學院，就打算有朝一日要返鄉服務，曾先後待過逢甲醫院（奇美醫院前身）、省立嘉義醫院後，就選擇回到民雄開業，並加入醫療群，深入基層社區衛教，希望鄉親能了解良好的生活方式、衛生常識，落實預防勝於治療。

由於抱著服務鄉梓的心，先是舉辦奕安盃社區網球賽，帶動網球風氣，接著擴大成打貓盃網球賽，規模愈來愈大，雖然有時候會被笑說不務正業，但秉著獨樂樂不如眾樂樂的志趣，何樂而不為。

給孩子的一句話：
時時保持樂觀的心，在快樂成長的同時，也要懂得感恩惜福。

第 203 鄉 · 第 239 場 98.11.08 高雄縣仁武鄉 · 仁武鄉運動公園 5000 人 贊助：潘文華、王嘉鄖賢伉儷及仁武鄉各界熱心人士
第 204 鄉 · 第 240 場 98.11.14 新竹縣竹北市 · 博愛國小 2300 人 贊助：財團法人蔚華教育基金會及各地熱情民眾

快樂就是：拉著朋友一起來感動

彰化二林人 黃慧美

剛開始，我只是單純跟著朋友參加藝術表演課程，第一堂正巧是紙風車副執行長汪虹帶著 319 的書來談兒童藝術工程。我這才恍然大悟，原來，有些人是用這樣的方式來回饋鄉里，於是開始想像，自己也能做嗎？

我生長在彰化的基督教家庭，家族傳統是長子擔任牧師，手足兄弟則至少有一位醫師，到了阿公已經是第三代牧師。我的伯父是牧師，父親（黃明輝）懸壺行醫，我還記得阿嬤常告訴我們：你們的爸爸作醫療傳道，這樣的奉獻，上帝都會看在眼中。不過，我們這些孩子卻沒有人當醫生，所以，選擇以不一樣的方式來「做社會的工」。

父親是個嚴謹的人，雖然不常與人說說笑笑，但信賴他的病患極多，有人甚至說：「醫生啊，看來似乎是同樣的藥，可是總覺得不來讓你看一下，病就好不了。」而他與幾位醫師朋友，對當時彰化二林沒有足夠醫療資源感到不忍，自動自發輪流義診，進而設立「二林基督教醫院」，也就是後來的「彰化基督教醫院二林分院」。父親負責的義診時間是星期三，每到那天就有車子來接他，他提著藥品出門、總是看診到晚上才歸家的身影，至今記憶猶新。

具備奉獻精神與高道德自我要求的父親，擔任「彰基」董事長多年，來去都是一身清白。當我與弟弟、妹妹（俊哲、俊德、俐美）思考以 319 的演出追思他逝世八週年，第一個想到的地點當然是他當時足跡的二林，第二個則是「彰基」所在的彰化市。當初原本希望為癌症病童表演，因為我以前在聖歌隊經常到醫院為病人唱歌祈禱，深知癌童化療很痛苦，如果能夠讓他們看戲，即使感動歡笑的快樂回憶只有十分鐘，也可能幫助他們稍減病痛，可惜這些孩子必須醫生簽字特准才能外出，後來無法如願，這是比較遺憾的地方。

從來沒看過紙風車表演的我們，無論在二林或彰化市都很感動，看到小朋友叫啊、喊啊，情緒跟著劇情起伏，那是最天真自然的表現。這些孩子，一定從來沒看過這麼大場面的兒童劇，他們忘

第 205 鄉 · 第 241 場 98.11.15 雲林縣褒忠鄉 · 褒忠國小 1600 人 贊助：蕭永昌先生及各地熱心人士
第 206 鄉 · 第 242 場 98.11.27 台北縣瑞芳鎮 · 瑞芳國小 1800 人 贊助：台北市牙醫師公會及各地熱心人士

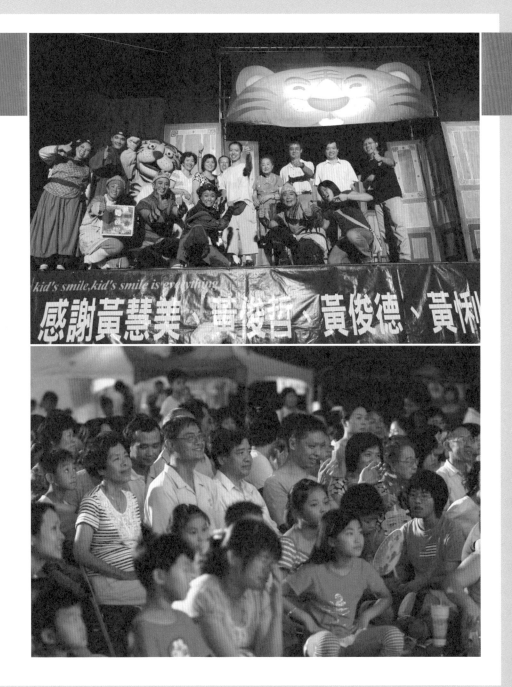

第 243 場 98.11.28 嘉義縣布袋鎮 · 過溝國中 3000 人 贊助：黃慧美、黃俊哲、黃俊德、黃悧美及各界熱心人士
第 207 鄉 · 第 244 場 98.11.29 台南縣將軍鄉 · 將軍國小 1600 人 贊助：徐靜、盧同聖賢伉儷及各界熱心人士

情融入其中，走出來還跟你說「多謝」，我們就覺得自己做了很棒的一件事。我相信，在天上的父親，會很高興我們用這樣的方式紀念他。

第三場在嘉義過溝，則是為了「台灣路得關懷發展協會」的朋友楊萌智老師。原本事業成功的她總是說，五十歲要退休傳福音「做上帝的工」，有一天宣布要去過溝，大家嚇了一跳。過溝在哪裡呢？她說，在嘉義。我們又問，妳一個人可以嗎？她回答，沒問題，你們幫我禱告就好了啊。但她進去之後才發現，那裡有許多單親或隔代教養的家庭，只有福音工作是沒辦法應付的，於是買了房子，讓下課的孩子有地方可以輔導。

我想，能為她做什麼呢？就這樣，決定安排過溝的孩子也看一場戲。當天很熱鬧，令我欣慰的是，經過這場表演，過溝國中的校長希望每年為孩子辦一個藝術季。後來發現，那裡原來是紙風車執行長李永豐的故鄉，他也很好奇，是誰來跟他搶過溝的場子啊？哈哈。

過溝之後，我陸續詢問更多朋友有沒有意願參與？其實，我的動機很單純，因為自己被319感動，也想相招朋友

第 208 鄉 · 第 245 場 98.12.04 台南縣學甲鎮 · 東陽國小 3800 人 贊助：力晶集團、力仁教育基金會及各界熱情人士
第 209 鄉 · 第 246 場 98.12.05 台南縣新市鄉 · 舊澱粉廠廣場 2800 人 贊助：財團法人樹谷文化基金會

作陣來讓大家感動，於是，茂迪文化藝術基金會來了，癌症防治基金會也來了，台南永康、西港的演出就這麼完成了。原本很「閉持」（台語：害羞）的朋友，當天忍不住站起來幫忙小朋友追風賽狗，興奮得差一點跌倒。事後我很擔心，他會不會受傷了啊？結果他太太還回答，高興到都忘記了呢。

回過頭看，我好像在完成不可能的任務。但是，拉著朋友一起來感動，真的是無比快樂的事。我想，這些 319 的孩子，未來的人生各有境遇，在轉折點的時候，可能回想當初看過這樣的戲，也或許有一天他們在各自的領域發光發熱，回到故鄉展現給下一代，這，也是另一種傳承，為台灣的未來開啓千千萬萬里路吧。

給孩子的一句話：
從 319 鄉村兒童藝術工程得到力量的孩子們，有朝一日也可以演出自己的人生，將感動傳承給故鄉的下一代。

第 210 鄉 ・ 第 247 場 98.12.10 台東縣太麻里鄉 ・ 大王國小 800 人 贊助：財團法人中國信託慈善基金會及太麻里鄉各界熱心人士
第 211 鄉 ・ 第 248 場 98.12.11 台東縣長濱鄉 ・ 長濱國小 700 人 贊助：鉅工實業股份有限公司、社團法人台北市首都扶輪社及各界熱心人士

在美麗的星空下

98.6.17 澎湖七美

這樣的舞台，在台灣，我們有了許多足跡。現在，因為一個承諾和許多的盼望，我們終於，在七美國中的操場搭起舞台，在美麗的星空下。

完成我們第二百場的演出。

白天，我們搭台演出。　　　　　　　　　　　　晚上，上演熱鬧戲碼。

每一刻，我們都悸動不已，因為七美的關係。是的，完成了紙風車在七美的夢想，是
七美朋友的。也是我們的。

第 251 場 98.12.17 台中縣大雅鄉 · 陽明國小 1500 人 贊助：楊仁傑先生
第 214 鄉 · 第 252 場 98.12.18 屏東縣新園鄉 · 仙吉國小 1800 人 贊助：桂冠炸醬麵義賣活動參予者及各界熱心人士

七美，好熱，我們的心也熱著。

你知道什麼是國家級的舞台，也知道什麼是舞台劇表演，但這夢想實現的價值總這麼實實在在地在你心裡生根，並且突然發芽。

我們的演出，觀眾來了八百人，創下七美活動人數的新高。

我們完成二百場的演出了，也完成離島的演出任務。
雖然因為要用大的舞台在澎湖演出，真的弄得很複雜，但結果很甜美，很有成就感！

後記小小說：
請允許我們將這份甜美私藏。
畢竟，理智不能阻止回憶將這段反芻的時間拉長，七美的天空和孩子的笑容是你我的勳章。
未來還要繼續推倒迷思的城牆，用戲劇打造一個夢工廠，用自己的手，完成理想的天堂。

第 217 鄉 · 第 255 場 98.12.27 台南縣關廟鄉 · 山西宮 3000 人 贊助：王建民、小王子加油基金及各界熱心人士
第 218 鄉 · 第 256 場 99.01.15 台中縣后里鄉 后綜高中 2500 人 贊助：王憲秀小姐、張明珠小姐、陳登仕先生及各界人士

你捐款、我請客

楠西教會牧師娘　呂莉莉

　　我和我的先生有幾次在「大魯的攝情布拉格」，看見紙風車劇團跑遍台灣一百多鄉鎮，為大人小孩帶來歡笑的影像紀錄，我們慢慢有個感動，希望在楠西的孩子臉上，也能看到同樣燦爛的笑容。

　　三十五萬元的演出經費對我們來說雖然有點嚇人，但我們想，反正也不趕時間，就多找一些朋友，一百塊、兩百塊的募，即使要花上好幾年，總是有完成的一天。

　　當我與早餐店的老闆，同時也是楠西國小家長會長的王世安大哥分享這些訊息時，他和他的牽手張惠娟女士非常贊成紙風車的理念，甚至不計成本推出「你捐款、我請客」方案，只要為紙風車楠西場次捐款的人，都可以憑收據到他的早餐店換一杯紅茶，藉此鼓勵更多人來關心楠西孩子的第一哩路。

　　王世安大哥發起的「你捐款、我請客」，迴響非常熱烈，不僅老主顧稱讚，連前來用餐的外地客人，也一千塊、兩千塊的捐。楠西其它早餐店與文具行也

紛紛加入「你捐款、我請客」的行列，連農民都義賣頂級芒果共襄盛舉。鄉親則以參與「你捐款、我請客」為榮，拿著捐款憑證到配合的商家兌換時，大家都感到很光榮。王世安大哥說，看到大人與小朋友共同參與楠西的第一哩路，就很有幸福感。

　　楠西全鄉為了紙風車總動員的熱情，還上了自由時報、聯合報等媒體，讓人見識到楠西這個小山城的動員力。「你捐款、我請客」也成了楠西參與「319鄉村兒童藝術工程」的特色。

　　原本我們以為得花上一年半載才能募到三十五萬元，想不到在短短的五十幾天內就達陣了，這樣的速度真是超乎我們想像。除了楠西鄉親的熱烈參與外，一些基督徒朋友得知楠西教會正在為孩子圓夢，也紛紛捐款贊助；在四百六十四筆捐款人中，就有約三分之一是來自基督徒的捐款。

　　演出當天，鄉親們熱情參與的畫面讓我印象深刻。雖然演出前下了不小的雨，但雨過天晴後，就有志工媽媽和

第 219 鄉 · 第 257 場 99.01.16 宜蘭縣礁溪鄉 · 礁溪國小 1700 人 贊助：南山人壽富華、富群通訊處及各界熱心人士
第 220 鄉 · 第 258 場 99.01.17 苗栗縣卓蘭鎮 · 卓蘭國小 1200 人 贊助：卓蘭鎮各界人士

學生們拿著抹布一一將濕椅擦乾。為了辦好這場楠西的世紀大戲，楠西國小還特地為小朋友安排晚餐與行動圖書館，讓孩子們放學後到演出前的這段時間，可以直接留在學校，免去家長接送的困擾。

演出當天，大約有一千五百人來看紙風車表演，可說是盛況空前。現場除了許多小朋友，我還看到好多老人家，這可能是他們有生以來第一次看到這麼精緻盛大的舞台表演，想到這裡，我就覺得很開心。

我和我的先生在楠西算是外地人，如果不是因為工作的關係，我們可能不會有機會來到楠西定居，認識這麼多可愛的朋友。雖然我不曉得我們還會在楠西待多久，但當年紙風車的小山城演出，將是我們一輩子最美好的回憶。

> **給孩子的一句話：**
> 希望未來的你們，能夠像紙風車團隊一樣，有理想、有創意、有實力，為身邊的人帶來許多驚喜與歡樂！

第 259 場 99.01.19 南投縣信義鄉 · 信義國中 1500 人 贊助：伊聖詩芳療生活館及各界人士

第 221 鄉 · 第 260 場 99.01.30 宜蘭縣三星鄉 · 三星國小 2000 人 贊助：財團法人林燈文教公益基金會、財團法人中興保全文教基金會

提供孩子美好的藝文滋養

群創教育基金會總幹事　羅美君

　　2008 年底成立的群創教育基金會，是奇美電子（原群創光電）副董事長暨執行長段行建博士基於「取之於社會，用之於社會」的善念而成立。基金會主要的執行項目有二大主軸，一是推動環境教育，深耕環保意識，希望能藉此促進永續家園的發展；二是推廣文化藝術，促進藝文交流，希望藉此提升文化素養。

　　就目前而言，基金會的工作人員並不多，而且大部分都是由奇美電子同仁兼任，大家的共同理念是希望藉由基金會的成立，落實將企業成果及環保永續經營理念回饋給社會大眾。記得基金會剛成立時，舉辦了幾個活動初試身手，後續開始希望能夠透過異業結盟，將回饋社會這個理念可以透過與其他的專業單位的合作而成功地落實。

　　群創教育基金會成立之初，便已聽聞了「紙風車 319 鄉村兒童藝術工程」這項別具特色的「文化運動」，對這項創舉深感欽佩，直到 2009 年一位財經記者來我們公司跑股東會新聞，才因而得以牽起群創贊助紙風車的因緣。

　　紙風車有名導，又有專業；我們企業則有經費，又有回饋社會的誠意，相信雙方合作可以讓整件事事半功倍，因此才決定要贊助。我們所贊助的竹南、頭份兩場演出，很榮幸可以得到頭份鎮長的大力支持，不但提供免費的場地，更無條件地大力協助宣傳，因而得以收到極大的迴響。能夠得到地方官方的支持認同、大力協助，是件值得高興的事！

　　贊助紙風車兒童藝術工程，對群創教育基金會而言有一個十分重要的意義，因為這是基金會成立後第一次對外舉辦的大型活動。我記得第一場在竹南運動公園舉辦，那是開放的場地，現場有三千多個座位，原本我很擔心坐不滿，因為我們雖然有跟公司的同仁告知活動訊息，但也不能強迫同仁一定得來參加，沒想到活動開演時不但座無虛席，更可以看到附近居民騎著腳踏車陸續前來，還有不少是阿公帶孫子吃完晚飯之後一起來，讓我頗有小時候看野台戲的感覺，很溫馨！

第 222 鄉 · 第 261 場 99.02.05 嘉義縣六腳鄉 · 蒜頭國小 3000 人 贊助：周協興五金行、神斧刺繡、黃嬰珺小姐及各界熱心人士
第 223 鄉 · 第 262 場 99.02.07 嘉義縣大埔鄉 · 大埔國中 700 人 贊助：台北市牙醫師公會、黃朝揚先生、余政達先生、黃尚文先生、徐金德先生

不過，兒時的野台戲總會有許多流動攤販，現場也難免鬧哄哄，我發現跟以前不一樣的是，現場很有秩序，可以明顯看到公民生活文化的大幅提升。表演結束後，還可以看到許多媽媽主動開始幫忙收椅子，令我十分感動！

第二場在頭份舉辦時，我還特地問來現場看表演的同仁，誰第一場也有去看？沒想到舉手的同仁居然很踴躍！許多員工都是攜家帶眷前來看表演，我很高興基金會可以舉辦這樣的活動，創造出員工家庭、公司、社會交集的地方，從核心家庭四個人變成幾千人，再結合紙風車的力量變成幾萬人……

我們公司員工平均年齡約三十出頭，對大部分的員工來說，家庭、孩子是生活中重要的部分，我自己也有兩個孩子，因此對「孩子是未來的主人翁」這句話感受格外深刻。身為基金會的總幹事，對於能夠透過基金會的努力，提供家庭、學校之外的養分與支持讓更多的孩子受惠，令我深感與有榮焉！

現在的台灣社會需要的已不只是吃飽、穿暖，更重要的是心靈層面的滿足。站在群創教育基金會的立場，希望能提供孩子所有可能的機會，讓孩子透過學校、家庭外的資源，能夠建立正確的環保、文化等觀念，型塑健全的人格特質。願所有的孩子都能夠正向思考，擁有健康的身心靈！

第 224 鄉 · 第 263 場 99.02.26 台中縣沙鹿鎮 · 弘光科技大學綜合運動場 6200 人 贊助：弘光科技大學、王本然先生及各界熱心人士
第 225 鄉 · 第 264 場 99.02.27 台中縣烏日鄉 · 九德國小 3500 人 贊助：潘國安賢伉儷、潘妮妮及各界熱心人士

快樂的行善

合森股份有限公司董事長　戴一義

「921 地震」是台灣近年的大代誌，看過吳乙峰拍的紀錄片《生命》的人，或許也跟我一樣，不時掛念著：影片裡的人們後來過得如何？當時出生的孩子，有沒有平安健康長大？我也經常想，對於熱情捐款的各界、援助台灣的國際友人與團體，有什麼方式可以傳達感恩之情？

2008 年，朋友李光輝有一天聊到隔年就是「921」十週年了，我覺得應該遊說吳乙峰再拍一次《生命》，也與幾位朋友籌妥拍攝經費。不過，吳乙峰無意續拍，於是將李永豐介紹給我，規畫要舉辦「921」的十週年紀念會，最後雖然考量某些因素而沒有辦成，我卻被李永豐的「鑽石嘴」說動，轉而拿出其中的三百萬元支持紙風車劇團的 319 活動。

這三百萬元，除了我之外，也有幾位友人熱心贊助。其實，我原本並不知道紙風車，也沒有看過 319，願意支持這個活動，純粹是因為他們提出一個我從來沒想過的概念：讓孩子更快樂。原來，將快樂帶給大家，也可以成為一種行善方式。

台灣有許多企業家願意幫助自己人，「921」賑災是最明顯的例子，對弱勢原住民投注的心力也可以佐證。這幾

第 226 鄉 ・ 第 265 場 99.02.28 屏東縣獅子鄉 ・ 獅子國中 400 人 贊助：王紫瑾及各界熱心人士
第 227 鄉 ・ 第 266 場 99.03.06 嘉義縣番路鄉 ・ 紫雲寺 1500 人 贊助：半天岩紫雲寺管理委員會及各界熱心人士

年，大家行有餘力，開始關注其它國家，像「台灣希望之芽協會」到吳哥進行牙科義診，協助改善孤兒院環境，為貧苦孩子開設繪畫班和英文班。但這些傳統的行善概念，多半提供金錢、物質，希望改善受助者的生活、減輕他們的病痛，至於精神層面的行善，我真的沒想過，也沒有遇到過。

跟紙風車結緣之後，我發現「做慈善」也是一種事業，如同經營企業，錢不是唯一的因素，不同團體可以有不同的 IDEA，如果只知道捐錢讓孤兒院的孩子有飯吃，那是不夠的。吳哥是觀光地區，懂外語就具備基本謀生能力，於

是有人教授英語、華語，也有人教孩子美術，培養他們畫出藝術性較高、價錢更好的作品，孤兒院的院長甚至說：「不要給我們錢，請給我皮革，讓孩子懂得做皮雕，可以成為他們未來的工作。」

到吳哥義診、當志工，即使只有短短五天，也比坐禪七的修行更多，因為，沒有處身那樣的環境，不見得能夠得到那麼多領悟，去了之後才發現自己很幸福。我滿希望紙風車有機會去一下吳哥，從那裡帶回來的感動，說不定可以觸動這個團體產生新的體會。

吳哥的生活條件不如台灣，孩子的機會也遠遠不如台灣。同樣地，台灣的環

第228鄉‧第267場 99.03.07 嘉義縣溪口鄉‧溪口國小 1500人 贊助：財團法人中國國際商業銀行文教基金會、鈺通營造、徐松茂先生及各界熱心人士
第229鄉‧第268場 99.03.20 彰化縣和美鎮‧新庄國小 4500人 贊助：矽品精密工業股份有限公司

境雖然在進步，但平均而言，經濟較好的人還是比較占優勢，醫療資源如此，教育、文化等資源也一樣，我們現在發願想追求公平，但這個目標太偉大了，其實沒有辦法達成，只能說：各方面努力、設法而已。

以父親（戴信其）名義在故鄉斗六演出時，我人在國外，由弟弟（戴義夫）代表出席，當天來了四五千人，演出內容讓他非常感動。我們小時候，哪有什麼藝術？明明這頓沒米了，吃都吃不飽，講什麼其它東西都是假的，還學什麼藝術？大家只知道讀書、拚考試，

為的是找到好一點的工作、過好一點的生活。然而，斗六的孩子欠缺資源，我們到台北發展，先天就輸給台北人，這種不平等往往形成循環，要讓故鄉孩子成長，關心他們的教育、激發他們的潛力，是相當必要的。

設法讓鄉下孩子看戲、為大家帶來快樂，是給他們一個希望、一個努力的目標，音樂也好，藝術也好，文學或小說也好，都可以激勵這些孩子，讓他們相信自己的未來也有可能性。其實，讓大人看看孩子歡笑的臉龐，同樣可以刺激大家想想，有多久沒有這麼快樂？為什

第 230 鄉 · 第 269 場 99.04.08 高雄縣甲仙鄉 · 甲仙和安社區活動中心旁廣場 600 人 贊助：台大 EMBA 基金會及各
　　　　界熱心人士
第 231 鄉 · 第 270 場 99.04.09 屏東縣牡丹鄉 · 牡丹國中 500 人 贊助：台大 EMBA 基金會及各界熱心人士

麼無法快樂？像我自己就忍不住反思，可能已經幾十年無法像這些孩子笑得那麼開懷，為什麼經濟改善卻反而離快樂更遠呢？

　　這幾年，我幾乎不看電視了，那些只會批評的電視人，散播出來的東西會快樂嗎？紙風車到台灣各鄉鎮讓大家快樂，所以他們本身也得到了快樂，或許，應該將孩子們笑容純真的照片送給那些名嘴，請他們多看看，說不定，有機會引發一場快樂的循環？

給孩子的一句話：
藉由319孩子的笑容，希望台灣人可以快樂一點。

第 271 場 99.04.10 新竹市 · 矽谷中小學 4000 人 贊助：矽谷雙語中小學、矽谷幼稚園、新竹美國學校

第 232 鄉 · 第 272 場 99.04.11 屏東縣鹽埔鄉 · 新圍國小 2000 人 贊助：莊慶祝先生、莊明得先生、莊簡梅珠梅珠女士、簡順立先生、王丹桂女士及各界熱心人士

酷小子與說書人

吳念真與王建民的對談

本文轉載自《時報周刊》1663 期，2010 年 1 月 4 日出刊。
報導／陳宛妤 攝影／林景堅、楊彩成、謝明祚、張大魯 場地提供／春在

前洋基隊總教練托瑞曾形容愛徒王建民，「他是個很酷的小夥子，真金不怕火煉。」紙風車基金會董事長柯一正則稱讚好友吳念真，「他是全台灣最會說故事的人。」

酷小子與說書人，一個打棒球、一個寫劇本，他們的對談是跨年夜的一股暖流，緩緩地流經寒冬中的台北街頭。

如果這是一場電視錄影播出，呈現的聲畫效果肯定具有強烈的矛盾，鏡頭裡，一位是中等身材的五十幾歲歐吉桑，大嗓門、妙語如珠；另一位則是高大、雄壯威武的運動選手，話少聲音小。導演吳念真與旅美球星王建民，正因為如此矛盾的組合，反而擦撞出更多的意外驚喜。

吳念真第一次見到王建民，仰頭發出驚歎：「厚，你真的很大隻耶！」兩人初次招呼，先從外表聊起，吳念真了解王建民生性害羞、憨厚老實，要打開他的話匣子，真的比登天還難。兩人像棒球場上的投捕搭檔，嘗試拋投暖身。

如果計算緊密些，王建民的兒子可以當吳念真的孫子了，三代同堂。而他們兩人亦是屬於不同世代的父親。吳念真的父親受日本教育，相當傳統嚴肅，親情絕不溢於言表，這反而讓吳念真頓悟自己該做一個什麼樣的老子。

「我看到我老杯（台語：老爸）都會有點害怕，所以我就決定不要當這樣的爸爸，我希望跟兒子當朋友，可以跟他如兄弟一樣聊天。」而王建民的父親因為工作關係，兩人聚少離多，「我回家的時候，他還沒回來，我醒來時，他還沒起床，平常很少講到話，放假時爸爸會帶我們出去玩。」

王建民提到玩，吳念真比較釋懷，雖然都一樣沒有時間陪孩子，但至少還會主動尋求機會、補強親子關係，這點吳念真倒是很認同；不過，談起父親對自己的期望，總有著說不清的無奈。吳念真中學畢業後就離家到台北工作，之後

第 233 鄉・第 273 場 99.04.16 屏東縣佳冬鄉・佳冬國中 1200 人 贊助：厚笙包裝材料有限公司及各界熱心人士
第 234 鄉・第 274 場 99.04.17 屏東縣萬丹鄉・萬丹國小 3000 人 贊助：正忠排骨飯、高雄市喜樂多關懷協會、正忠文教協會及各界熱心人士

的人生都是自己決定，父親管不著，也不曉得怎麼管。

「小時候你爸對你有沒有意見？」吳念真切入重點問。

「他都沒有耶，做什麼他都說好。」王建民依舊話不多。

「這樣喔，這麼好？」吳念真羨慕的神情。

「我小時候不是很愛念書，我爸說，揹著書包出去，再揹著書包回來就好。」言下之意是揹書包跟著人家按時上下學就好。王建民這番話，惹出哄堂大笑。吳念真忍不住繼續把自己的父親拿出來當對照組，「我快三十歲時靠寫

劇本養家，我爸第一個反應說，這是工作嗎？他會猶豫，如果我弟弟說要打棒球，我看他一定會發瘋。在固定觀念中，這不是很正常的工作，你選職棒時，你爸都沒有意見嗎？」

「那時候中華職棒剛成立，打棒球純粹運動，我爸也沒講什麼，然後我就這樣一直打。」王建民覺得自然而然，一路過關斬將，順理成章。王建民的父親有沒有過心理掙扎呢？話不多的建仔，沒有繼續回答，吳念真其實想問的是老一輩望子成龍的傳統價值，對於讀戲劇、打棒球這類的路，絕大部分都不贊成。吳念真還說，當初兒子決定報考戲

第 235 鄉 ‧ 第 275 場 99.04.24 台南縣永康市 ‧ 永信國小 4500 人 贊助：財團法人茂迪文化藝術基金會、茂迪股份有限公司及各界熱心人士
第 276 場 99.05.01 台北縣三芝鄉 ‧ 三芝國小 1800 人 贊助：陳蒼海先生及三芝國小校友會

劇系，他「心涼了一半」，後來和老婆商量，想了很久，決定支持時，反倒是老師有意見，「你兒子成績不錯啊！為什麼要讀戲劇？」

一旁的王建民笑著說：「我爸認為，孩子只要不學壞就好。」這句話簡單明瞭，宛如旅日全壘打王王貞治母親的翻版，當年她也說：「小孩不學壞，他們做什麼事，自有一番道理。」因為這樣的包容，讓王貞治靠棒球愈來愈近；而顯然王建民父親也在他的棒球之路上扮演相同角色。

「以後你兒子如果有一天跟你講，爸，我要靠寫東西過日子，雲遊四海、蒐集題材，你會不會剉？」吳念真試探這位新手爸爸對孩子的期望值。

「不會。」王建民回答得很輕鬆。

「你會答應？」吳念真覺得不可思議，繼續追問。

「會。」王建民覺得理所當然。

王建民的信心，來自於他的家庭，他說：「從小我爸就沒有給我什麼壓力，讓我自由，想做什麼就做什麼，所以我也會這樣教小孩。」這種給孩子「自由」的教育理念跟吳念真滿接近的，因為後來吳念真的礦工老爸也不管他了，所以他順利以編劇為職業，而且表現出色。因此，吳念真也讓兒子自由發展，只要快樂就好，甚至跟著走上表演之路。

不設限，如果兒子走上棒球之路

事實上，吳念真是擔憂兒子將來握著筆桿討生活、收入太少，而如果王建民的兒子將來也想打棒球呢？父子攜手看球、打球是美國棒球裡常見的畫面，吳念真即席問他這個問題。

「我會先跟他說，你會很累！」在職棒闖蕩多年的王建民，被提及是否栽培小王子走上棒球之路時，突然冒出的這句話，讓人回想起當年赴美的王建民。2000 年他以簽約金二○一萬美元加盟洋基的小聯盟球隊，翌年他卻受傷，整季未能出賽；2003 年首度代表洋基隊入選未來之星明星賽世界隊，但苦無亮相機會；終於在 2005 年正式成為洋基大聯盟的球員，這一路走來的艱辛難耐，王建民會願意讓兒子再走一遭嗎？

「萬一你兒子要當賽車選手咧？」吳念真舉了個極端的例子。

「賽車選手喔……」王建民陷入沉思。

「你會擔心嗎？比打棒球還危險耶！」吳念真拉高分貝。

「我會喜歡。」王建民篤定的回答，讓吳念真露出驚訝的表情。

「這該不會是你當年未完成的夢吧？」

王建民笑了笑，沒有具體回應，繼續聊到對孩子未來的想像與期待，王

第 236 鄉　第 277 場 99.05.02 台北縣八里鄉　八里國小 1100 人 贊助：美商摩根大通集團及各界熱心人士
第 237 鄉　第 278 場 99.05.07 高雄縣阿蓮鄉　阿蓮國小 2800 人 贊助：張天祿及翁金鳳賢伉儷

建民依舊開明的心態，「他會做就自己去做，你如果逼他也累啊！」確實，吳念真承認上一代都會逼小孩子做事情，所以他這一代的人很多人不快樂。他開玩笑說，電視上看到那些不快樂的老人家，都是從小被爸爸逼著做這做那，包括選舉都要聽話。

天底下的父親都有未完成的夢，他們內心無不期待孩子能夠接棒夢想。電影《感恩歲月》中，當王貞治將遠行參加甲子園大賽時，他的父親好像有了覺悟，心疼地告誡他，「出門在外要多照顧自己，學做飯炒菜，而我只會做飯炒菜，也都教給你，三十幾年來挺管用的。」然後，這位父親將兒子送上球場，也等於宣告自己的夢碎了。影片結尾時，王貞治的獨白說：「父親的夢想沒有實現，他對現實妥協，是因為他對我們的愛超過他自己。」

王建民順利踏進世界的球場，在異鄉生活打拚不容易，再加上「台灣之光」的榮耀使命，這究竟是壓力還是動力？

「有時候會想台灣，每次在那邊就我們夫妻兩個，現在加一個小孩，並沒有什麼朋友，去到那邊就三個人這樣過，球場、回家。」王建民的輕描淡寫，其實有著濃濃的鄉愁，吳念真能體會這種「揹著台灣」的期待壓力。

「你做事代表台灣，不管你有沒有想過代表台灣，別人都認為你代表台灣。像我參加國外影展，每天記者一定會問，會不會得獎、會不會得獎？那種壓力，好像你不得獎會對不起台灣所有人的期待，你會不會有這種壓力？」吳念真很想和王建民來一股「與我心有戚戚焉」的感慨，可惜，建仔似乎沒有多想，頓了一下，沒有搭腔。

「那麼，若遇到挫折、心情不好時，如何紓解？會不會向太太傾吐？」吳念真像投手般繼續拋球，王建民反而成了本壘板後方的捕手。

「我就運動啊！」「通常回到家都不會講，我會在球場上做重量訓練之類。」

「你打完球還留在球場？那你太太很

第 238 鄉 · 第 279 場 99.05.08 高雄縣大寮鄉 · 大寮國小 3500 人 贊助：台灣美加金屬〈股〉公司、康和社會慈善事業基金會及各界人士

第 239 鄉 · 第 280 場 99.05.09 屏東縣里港鄉 · 里港鄉過江河堤公園 2800 人 贊助：屏東里港各界熱心人士

悽慘，老是在等你回家。」

「習慣了，因為我出去比賽都一個月、半年的。」王建民抿抿嘴，笑笑地說。

「真的嗎？那要頒獎給她，要是我老婆早就翻臉。」

吳念真窮追不捨，很想明白這位巨星的壓力去了哪裡？難道在球場上失利、別人的批評指教都無關痛癢嗎？

「你會不會上網看球迷反應？」建仔聞言搖搖頭。

「最好不要去看。」王建民的確不看球賽相關新聞，一旁的經紀人補充說：「我們叫他不要看，讓我們去看就好，而且他的個性也很單純，況且現在有更重要的工作，復健，光是這個就夠了。」

提到傷勢，王建民表示目前復原狀況良好，回台灣這段期間，都定期在做復健，這也是台灣球迷最關心的。王建民事後也表示，12月初已開始練投球，返美後將繼續接受醫生複診。所以，有沒有什麼話要跟球迷講呢？

「有沒有什麼話喔……？」思索問題時的王建民，如投球般慎重。

吳念真替他解圍，「大家都很關心你，我一位朋友說，王建民喔！去美國哪一隊都好，不要回來台灣就好。」中華職棒又爆發打假球事件，吳念真的朋友大概覺得，台灣棒球環境不佳，王建民再怎麼樣都應該繼續闖蕩大聯盟，何況還有很多球隊爭相要他。

「有那麼慘嗎？」王建民露出不解的表情。

其實，王建民還是對台灣棒球充滿希望，應本刊要求送讀者、球迷一句話時，他毫不猶豫地寫下「台灣加油！」看見慕名而來的小球迷，建仔露出靦腆的笑容，拉拉他的小手，彷彿看見十年後的小王子賈斯汀。

建仔送給關廟囝仔的聖誕禮

天氣冷颼颼，戲棚熱呼呼，山西宮的廣場前，擠滿引頸期盼的鄉親，廟樓、陽台甚至連屋頂上都站著圍觀的民眾，兩千張板凳座無虛席，爸爸扛著娃娃，媽媽牽著小手，阿嬤、阿公帶著孫子，就為了爭睹「關廟之光」王建民的風采，也為了欣賞一場華麗動人的兒童劇演出。

2009年最後一場「紙風車319鄉村兒童藝術工程」的關廟場，由「王建民·小王子加油基金」贊助，這也是建仔離台前最後一場公益活動，同時預告紙風車319活動，正式邁向第四個年頭。

台南縣關廟鄉是王建民父親王炳煌的故鄉，演出地點的山西宮，是當地香火旺盛的關帝廟，王建民每年回國一定會來拜拜，因為他是關公收的「義子」，

第281場 99.05.16 新竹縣北埔鄉 · 南埔村生龍口廣場 1200人 贊助：藍瑞雲女士
第240鄉 · 第282場 99.05.28 南投縣水里鄉 · 水里商工 1200人 贊助：竹城建設股份有限公司及各界熱心人士

這次回台灣，他也專程抱著兒子來拜見「義父」。

王建民每回出賽，山西宮總是關注，不僅燃放鞭炮慶賀，還會出籤詩解運。上個球季建仔陷入連敗低潮，他的父母曾到廟裡參拜、祈福，結果求得第 61 首籤詩，而建仔也在六敗之後拿下首勝，被解讀是六連敗之後才有第一勝，讓信眾直呼「原來神明早就有諭示。」

王建民回憶，「我很小的時候離開台南到桃園，沒有在鄉下長大，我爸媽也搬來，每年過年時會回關廟，當時還有三合院，現在都拆掉了。」這次紙風車在關廟的演出，讓王建民多了機會跟老家的孩子們同樂。

這晚，王建民帶著父親、母親、阿嬤、妹妹、老婆吳嘉姈及兒子王鵬硯現身，全家總動員。原本工作人員擔心，王建民一家人會引起現場大騷動，還好在開演前，主持人便與大小觀眾說好，「可以掌聲歡迎，但不可以去吵王哥哥，要讓他也能和大家一樣好好地看戲。」果然，鄉親父老非常合作，節目順利進行。

王建民之所以成立「小王子加油基金」，也是為了台灣的孩子們，「我很早就有這個想法，受爸媽的影響吧！小時候爸媽就教我們不要做壞事，不要去欺負人家。」王建民的出身，讓他更懂

第 241 鄉 · 第 283 場 99.05.30 桃園縣新屋鄉 · 新屋國中 1000 人 贊助：桃園西北扶輪社及各界人士
第 242 鄉 · 第 284 場 99.06.04 台南縣鹽水鎮 · 鹽水國中操場 2300 人 贊助：鹽水鎮各界熱心人士

得付出。

難怪紙風車基金會董事長柯一正讚賞，「王建民很不簡單！他有自己的事業要努力，卻還是願意花心思、成立基金幫助台灣的孩子。」

王建民怎麼知道「紙風車319鄉村兒童藝術工程」呢？這要追溯於2008年吳念真導演的舞台劇《人間條件》，戲還是妹妹推薦的，他看完之後覺得很有意思，「很棒，有台灣那種以前的味道。」其實，王建民沒看過舞台劇，即使在紐約也不曾看過百老匯，所以，當經紀公司為他規畫返台的公益活動時，便決定捐三十五萬元贊助紙風車的關廟

場。

不過，建仔的明星魅力讓吳念真引發聯想，球場與劇場同樣是一幕幕競技的演出，球員是運動場上的演員，「我不曉得你有沒有覺得，但是你比較不像，你很古意，像鈴木一朗出場，必定要用球棒比畫秀一下，觀眾跟他之間透過一個不單是技術、也是表演的方式聯結，你要讓場邊的人記得你，就必須有突出的動作，而不是通俗地記名字。」吳念真以劇場導演的角度，向王建民解釋運動場上的奇妙演出，運動員在某一個層面也類似演員。

現實人生裡的王建民，羞澀到不行，

第285場 99.06.06 台北縣樹林市 · 桃子腳國中小 2000人 贊助：桃子腳國中小家長會

第243鄉 · 第286場 99.06.16 台中縣清水鎮 · 台中港區藝術中心前 4500人 贊助：台美扶輪社、台中港北區扶輪社、豐原北區扶輪社、彰化扶輪社、財團法人林賴足女士教育基金會

就連走下投手丘回應球迷的掌聲，建仔經常也只是低壓帽簷致意。2009 年 4 月 14 日對戰坦帕灣光芒隊，王建民先發被打爆退場後，獨自在休息區輕拭眼角淚水，算是他比較令人印象深刻的畫面。

吳念真的說法隨即有人呼應，超級大帥哥鈴木一朗便曾在日劇《古畑任三郎完結篇》扮演他自己。吳導突然建議，或許找運動場上的球員到劇場，可以擦出不一樣的火花？他認真地看著王建民，開口說：「我不會叫你演戲啦！要

訓練你演戲好累，講話那麼少！」建仔睜著大眼睛，維持一貫的招牌笑容。

王建民捐贈 319 兒童藝術工程的問答

一、在什麼樣的機緣下，接觸到紙風車兒童藝術工程鄉鎮巡演的資訊？又為何決定要捐？

我一直希望小王子加油基金能夠帶給小朋友們快樂和希望。剛好有機會知道紙風車兒童劇團正在進行全省 319 鄉鎮巡演的計畫，我覺得很有意義，所以希望盡一點微薄之力。

二、您的故鄉是？對故鄉及童年有何難以忘懷的記憶？

小時候因為爸媽工作的關係，我是在北部長大的。但是逢年過節我們都會回關廟拜拜，熱鬧的山西宮及過年的情景是我對關廟的印象。

三、參加活動當天，看到了誰？有哪些鄉親參加？有何特殊的感受？

活動當天是在我的故鄉關廟，而且是在我很熟悉的山西宮前的廣場舉行的。我很高興能夠跟很多的關廟鄉親及小朋友們一起分

享一個快樂的夜晚。

四、事業打拚的目標，想起來和故鄉有關嗎？

因為有很多鄉親，還有很多球迷的支持，我才能夠在無後顧之憂地在國外打拚。

五、請提供一句給孩子的祝福或對故鄉說的一句話。

希望所有的小朋友們都能像小王子小公主一樣快樂平安。謝謝故鄉的鄉親們對我的支持。

第 244 鄉・第 287 場 99.06.18 彰化縣秀水鄉・秀水國小 3000 人 贊助：財團法人毅嘉科技教育基金會
第 245 鄉・第 288 場 99.06.25 新竹縣新豐鄉・新豐國中 1800 人 贊助：新豐鄉各界熱心人士

演出紀實

風雨無阻

97.8.20 屏東琉球

如麗颱風的逼近，一行人帶著不安的心，踏上東港碼頭……雖然出發時晴空萬里，卻不由得讓人擔心會不會是暴風雨前的寧靜？在碼頭等上船時，每個人都直愣愣地盯著電視螢幕，似乎希望借這樣的念力，讓颱風別來打亂我們的行程。

上船前看著從琉球來的船客，都是急著回到台灣本島。票口人員也是一再告知此行一去下午可能就沒船回來了！

第 246 鄉・第 289 場 99.07.02 高雄縣內門鄉・觀亭國小 1300 人 贊助：佛光山及各界熱心人士
第 247 鄉・第 290 場 99.07.03 屏東縣新埤鄉・新埤國中 750 人 贊助：佛光山及各界熱心人士

但是……我們堅持，因為我們有承諾琉球的孩子們：
只要船願意開，我們就一定會去琉球演出！
終於來到琉球了～
只是一下船就被通知：今天的船只開到下午兩點，明
天會不會開船沒人有答案。消息一出，演員開始擔
心……才剛下船，要不要為了三天後的演出，再坐船
回本島呢？

不管了！延期過的演出，不能再讓孩子們失望，不論
明天回不回得去，都留到演出後再煩惱吧！

瞧瞧我們海王子的決心，如
果，沒有船，我們就騎黑鮪魚
回去吧～（哈～當然是玩笑
話，我們可不會捉魚啊！那還
不如抱顆藍球海上飄，等救援
來得快些！）

第 291 場 99.07.04 嘉義縣阿里山鄉 · 阿里山國中小 700 人 贊助：台北市牙醫師公會、嘉義縣紅十字會及各界熱心人士
第 248 鄉 · 第 292 場 99.07.10 台北縣土城市 · 綜合運動場 2800 人 贊助：國際崇她台北三社及各界熱心人士

第 249 鄉 · 第 293 場 99.07.29 屏東縣麟洛鄉 · 麟洛國小 1000 人 贊助：佛光山及各界熱心人士
第 250 鄉 · 第 294 場 99.07.30 屏東縣高樹鄉 · 高樹國中 1500 人 贊助：陳厚儒先生、鍾祥先生、長融財務顧問及各
界民眾

另一章，為了讓大家還有消夜可度日，看看我們幫大家準備的消夜，很應景吧～颱風夜～

演出完的隔日，接到船公司來電說因颱風來襲，風浪太大無法開船。但是後面還有演出怎麼辦呢？所以大家都跑去琉球當地的「福泉宮」拜拜求籤，希望颱風趕快離開，讓我們順利回台灣演出！

後記：

結果我們在琉球滯留了五天……

第 251 鄉　·　第 295 場 99.07.31 高雄縣茂林鄉　·　茂林國中 400 人 贊助：佛光山及各界熱心人士
第 252 鄉　·　第 296 場 99.08.01 高雄縣田寮鄉　·　崇德國小 700 人 贊助：佛光山及各界熱心人士

平凡中見真情

慈濟人　陳登仕、王意秀、張明珠

有一天，我盯著電視節目，突然看見李永豐、吳念真說要到台灣的 319 個鄉鎮辦劇團表演，也不知怎麼地，突然興起一種念頭：「我也要做。」於是，就這樣踏上紙風車劇團的第一哩路。

我自己毛遂自薦，打電話給紙風車，自己做表格，張羅所有的事，當我打電話給王意秀時，她還不知道紙風車是幹什麼的？反正，大家憑著一股傻勁兒，在一週內，靠著小額募款，募集六十七名贊助人，合作無間，成功完成紙風車后里鄉的第一哩路。

當然，一度也感到艱難，我們三人在開安親班的張明珠家討論時，當時在隔壁開美容院的姑姑聽見我們的難處，二話不說，當場丟下五千元並說：「這五千元送給你們，一定要做起來！」阿姑的拋磚引玉，連一旁做頭髮的客人也受到感召，馬上捐出一千元買菜錢。

其實，錢不是問題，心意很重要，只要肯做，踏出第一步，事情就會成功。

套一句吳念真的話啦，學作聰明的傻瓜，用剩餘的生命價值，奉獻給台灣這塊土地。

紙風車來到后里后綜高中的那天，鄉長來了，后里鄉的六所小學，兩所高中的學生來了，最遠的泰安國小、育英國小的小朋友也來了，連隔壁啓明學校的盲生也來了，別人用眼睛，他們用耳朵來感受劇團的魅力。兩千多人陸續擠入會場，到終場前都沒有人離去。

當紙風車劇團團員汗流浹背地穿梭在人群中賣力演出，博得大人小孩的歡笑聲時，我頓時領悟到那句話：「一個小孩笑，感覺不怎麼樣，但一千個小孩一起笑就很令人感動了。」

一位議員有感而發：「這是后里鄉有史以來辦得最成功的活動！」而最讓人感動的是，開場當天下午，后里國小的一位老師，自發性地帶著剛下課的同學來排椅子；散場後，沒有人要求，大家自動自發地幫忙撿垃圾、收椅子，恢復

第 253 鄉 ‧ 第 297 場 99.08.06 台東縣鹿野鄉 ‧ 鹿野國小 750 人 贊助：美商摩根大通集團及各界民眾
第 254 鄉 ‧ 第 298 場 99.08.07 台東縣達仁鄉 ‧ 台坂國小 230 人 贊助：美商摩根大通集團及各界民眾

操場原狀。

　　一位旅居海外的捐款人，害怕自己的捐款被濫用，悄悄地來看戲，當看見〈八歲一個人去旅行〉時，他被感動了，紙風車用不一樣的形式呈現小時候廟口看野台戲的傳統文化，讓他久久不能自己。散場後，捐款人立刻捐出后里第二哩路的款項。

　　令人振奮的是，我們這三個充滿傻勁、土生土長的后里人，已經完成了后里鄉的第二哩路募款活動，后里的大朋友、小朋友們又可以期待去看戲囉。

給孩子的一句話：
自己的家鄉要靠自己耕耘。把別人的孩子當成自己的孩子。

第 255 鄉　‧　第 299 場　99.08.13　屏東縣九如鄉　‧　九如國小　2000 人　贊助：佛光山及各界熱心人士
第 256 鄉　‧　第 300 場　99.08.14　屏東縣內埔鄉　‧　內埔國小　2000 人　贊助：佛光山及各界熱心人士

每個人都很有力量，
只要願意感恩和給出！

南山人壽保險股份有限公司富群通訊處處經理　翁筱筑

99 年 1 月 16 日傍晚，宜蘭礁溪下著滂沱大雨，我揪著一顆心，紙風車 319 大戲正要粉墨登場。礁溪國小操場上，慢慢湧入一千多個黃雨衣人，剎那間，全場的大人都消失了，一個個變成小孩；所有的童心，也在這片刻被打開來……我想，就算到了七十歲，我都不會忘記眼前這個畫面。

其實一開始，紙風車發動認養 319 鄉鎮的義舉，我並沒有閃過捐助的念頭。當時表姊建議我可以參與這個活動，當下只覺得不知從何開始，「這麼大的活動一定有很多障礙吧？我們這麼多伙伴，要認養哪個故鄉呢？」

整個緣起，來自後來的八八風災。我加入紙風車的八八專案擔任志工。受訓當天，執行長李永豐講起阿里山的那場演出，他輕描淡寫的說，這不是公益活動，只是該做的事情。但他手足舞蹈和熱情理念，襯映著影片中阿公阿嬤和孫子的歡樂笑聲，我一整個被「雷」打到，

立刻決定響應參與。

原先計畫結合在 98 年 11 月底的公司進修會一起演出，不料，紙風車卻因投入八八風災的活動，必須延到 99 年 1 月才能演出。我原本有些遺憾，後來卻恍悟，對氣氛一片低迷悲傷的災區來說，才更需要一個活力歡樂的活動，「一樣是做好事，善念也有先後順序，延後並不打折扣！」

我的發想，不是以單位的名義直接捐出三十五萬，而是我們要展開公開募款！我爸當時一聽到這個點子大呼非同小可，直訓我「這可不是一筆小數目，妳那ㄟ去舞這齣架大齣？（怎麼搞這麼大？）」紙風車人員也不忘提醒我，募款壓力很大，千萬要審慎評估。

就連身邊的伙伴一聽到十天內要募齊三十五萬，不少人更滿臉驚訝，採取退縮遲疑的態度。但我仔細一算，如果一場來一千個觀眾，平均一個座位就是三百五十元，我們只需要認養一千個

第 257 鄉．第 301 場 99.08.15 高雄縣燕巢鄉．燕巢國中 750 人 贊助：佛光山及各界熱心人士
第 258 鄉．第 302 場 99.08.20 屏東縣長治鄉．長興國小 2300 人 贊助：佛光山及各界熱心人士

第 259 鄉 ‧ 第 303 場 99.08.21 屏東縣泰武鄉 ‧ 泰武國中 700 人 贊助：全家紙風車商品一元捐及各地民眾
第 260 鄉 ‧ 第 304 場 99.08.22 屏東縣崁頂鄉 ‧ 崁頂國小 1100 人 贊助：佛光山及各界熱心人士

小朋友就夠了。於是我對伙伴說，「大家和客戶聊天時，順便分享紙風車的故事，就算客戶沒捐錢，他願意再分享給別人知道或是把收到的 E-mail 轉發出去，就是在傳遞幸福，這就是一種能量，我們一人募到十個小朋友就能完成！」

偶爾，我當然會想起，那個天天到郵局門口募款的高雄林園黃泰旗老師，他可是整整花了一年的時間，才達到三十五萬的募款目標。但我的腦海，卻始終有一個畫面：在冬夜的星斗下，我們要和礁溪小朋友一起看戲！這是我的動力，我想讓這件事情「發生」。這一刻，辦公室牆上貼起了一張大海報，只要認養一個，就貼上一個小臉圈圈，圈圈愈多，就離目標愈近……

十天的募款，簡直是一趟奇特的人性體驗！第二天，我在拍公司的視訊教學課程時，一個訓練部的同事，匆匆跑來塞給我一個牛皮紙袋，一臉抱歉地說：「經理，我們都沒什麼錢，但早就覺得紙風車 319 這個活動很棒，只是都沒有人來發起，看到你的 E-mail，我們二話不說馬上行動，紙袋裡正是我們募到的七十多個小朋友的額度！」

過沒幾天，又有同事跑來和我嘟嚷，「這種活動超難分享的妳知道嗎？既不是天災，也聽起來不可憐，拿藝文活動要感動人，真的很難很難……」但這人卻一邊講話，一邊往白板上貼小臉圈圈。

從大家參與的行動中，我才知道，可別小看募款，募款也是得講求「話術」的！一位很年輕的同事得意地和我分享私房秘訣說，他和客戶宣導這個活動，並不會嚴肅的講起大道理，而是老神在在地說，「基本上這就是個養小鬼的活

第 261 鄉・第 305 場 99.09.11 苗栗縣銅鑼鄉・銅鑼國小 500 人 贊助：必霸股份有限公司及各界熱心人士
第 262 鄉・第 306 場 99.09.15 台北縣石碇鄉・永定國小 700 人 贊助：鄭釋非女士及各界熱心人士

動，你捐三百五十元，等於養個小鬼作善事，以後呢小鬼就會幫助你，幫助更多人⋯⋯」聽到的人無不哈哈大笑，心領神會地掏錢贊助。

第十天，天啊！總計進帳四十五萬元，我們竟然辦到了！值得一提的是，也在南山公司服務的爸爸，他的單位內有位熱心的大哥，特別為此透過友人向辜寬敏募款，辜寬敏聽了二話不說慨然答應，一口氣就捐了十萬元；就這樣，在各方協助下，我們不但湊齊了一場演出的經費，更多出十萬元來贊助319整體的行政費。

拿著厚厚飽實的捐款，我和伙伴們既感動也驕傲，因為，我們的同心協力，在短短十天內，完成了一個人獨力可能要花上一年才能達成的任務。不停盯進度、在旁邊提心吊膽的老爸，此時也完全改觀，我們一家人在宜蘭礁溪看著演出成功，老爸感動地說，「這三十五萬真的很值得！」

也許，一個人或一個單位直接捐錢，會讓這樁好事來得更有效率；但對參與的我們而言，這卻是一場驕傲的感恩和給出。那天319演出中，吳念真導演的〈八歲一個人去旅行〉劇中父子的互動，讓身為金瓜石人的我，憶起阿公和鄰居們的童年往事，那段鄰居們在大樹下聊天，人和鄉土的連結，以及那份內斂的愛，統統一時湧上心頭。其實，每個人都有力量，我們需要的，只是懂得感恩、樂於給出。

> **給孩子的一句話：**
> 每個人都很有力量，
> 只要願意感恩和給出。

在下一代身上圓夢

苗栗卓蘭人 范繡瑟

從 319 在卓蘭演出至今，孩子燦爛的笑容仍在我的腦海中綻放，回到故鄉卓蘭，還會有一些小朋友帶著充滿期盼的眼神問我：「阿嬤，什麼時候再請那些大姊姊來這邊表演？」看到他們的期盼，真想再為他們圓下一個夢！

回想自己的童年，由於正是生長於二次大戰後、物質缺乏的年代，每戶人家幾乎天天都為了生活而忙碌，更何況是卓蘭這個農業小鎮呢？看話劇表演，幾乎是想都沒想過的事。雖然如此，童年時跟玩伴們一起到河邊抓蝦、撈魚、摸蛤蜊的歡樂，仍留存在我心中，成為永遠的懷念……

然而，童年的自己，因為生長在一個重男輕女的社會環境，父親又經商，因此縱使自己從小就偏愛畫畫、唱歌等藝文活動，才藝受到老師同學的肯定，卻無法繼續深造，在父親的安排下，從十三歲小學畢業開始，就幫忙家中的生意，一直到結婚生子，有了自主性的經濟能力之後，才能開始帶著孩子四處去看藝文表演，為自己圓夢，也期望孩子能夠擁有多采多姿的童年，讓自己的遺憾不再於孩子身上重演。

巧妙的是，正因為重視孩子的才藝教育，兩個女兒都在朱宗慶打擊樂團隊、工作，二女兒吳慧甄在一次因緣際會下到紙風車劇團指導團員打擊樂技巧，我們全家也因此與紙風車劇團結緣，每次紙風車有演出，我們就幾乎全家出動到場觀賞表演，兩個孫子每次看完演出，回家總是開心地說個不停，這些歡笑記憶，我都用相機記錄下來，點點滴滴都是最寶貴的心靈財產。

記得第一次觀看 319 的演出，是在台中豐原神岡，那次我是到朋友家作客，朋友說 319 正好在附近學校演出，邀我們一起去看，我和兒子、孫子急得扒完飯興奮地跟大家一起去欣賞紙風車的《幻想曲》，回家後孫子們興高采烈地討論劇情，看著他們開心的臉龐，我則盼望著有一天紙風車可以到我日夜惦念的故鄉演出，讓故鄉的孩子也可以享有跟其他鄉鎮孩子一樣的歡笑。

終於，我的夢想成真了！我只是盡自

第 309 場 99.09.25 台北縣瑞芳鎮 · 猴硐煤礦博物園區第三停車場 1000 人 贊助：黃清登先生及各界熱心人士
第 265 鄉 · 第 310 場 99.09.26 台中縣外埔鄉 · 外埔國小 3000 人 贊助：台中東海扶輪社 社長李世鵬暨全體社友

己一點點的力量，就能讓孩子們歡笑，真的覺得太值得了。雖然我在民國80幾年，就因為工作和孩子教育的關係搬至台中，但故鄉是我心頭永遠的惦念，有能力時為故鄉做一些事，也是我的父親常以身示教的庭訓。雖然父親已經往生，但至今，腦海中仍常會浮現起父親克己勤儉，為家鄉造橋鋪路，一聽到有那家孩子沒學費上學，就捧著錢去拜訪的身影，父親八歲時就因為家境問題而

需要外出工作，他不希望自己的遺憾在其他人身上發生；而我，也同樣希望自己童年的夢想，能在故鄉的孩子身上實現——多些藝文欣賞與體驗。

> **給孩子的一句話：**
> 難忘的童年，難忘的人情味，卓蘭是我一輩子心頭最甜美的牽掛。祝福每個孩子都有一個充滿歡笑的童年。

第 266 鄉 · 第 311 場 99.10.15 花蓮縣新城鄉 · 新城鄉公所前廣場 1800 人 贊助：全家紙風車商品一元捐及各地熱情民眾
第 312 場 99.10.16 台東縣卑南鄉 · 太平國小 1500 人 贊助：旺旺來興業有限公司及各界熱心人士

讓距離不再遙遠

友達光電股份有限公司董事長夫人　藍瑞雲

　　台灣的城鄉差距，是觸動我支持紙風車319鄉村兒童藝術工程的主因。實際投入之後又發現，那種差距，比我想像的更加遙遠。

　　我自己是台北人，因為父親工作的關係，七歲以前在烏來生活，後來搬回市區就讀日新國小，活動範圍在後火車站、南京西路那一帶；中學，是必須考試的最後一屆初中，然後北一女、台大法律系這樣一路讀下來，直到大學才知道稻田長什麼樣子，就是一個不折不扣的都市人。我的先生當年是從苗栗後龍來台北求學的鄉下孩子，兩個人剛開始交往，我就發現，原來城鄉的記憶相差這麼多。

　　以前，先生跟我講一些故事，例如他童年怎麼怎麼艱苦，甚至必須打赤腳去上學等等，我完全想像不到，感覺非常詫異，因為這跟我的童年經驗落差太大了。明明都在台灣，城鄉的生活條件與資源卻天差地遠，實在是一件很奇怪的事情。

　　文化活動的城鄉差異也很明顯。小時候，我們家常去中山堂看表演，有時聽音樂會、有時是話劇；是誰表演的，其實我後來也忘了，但總還記得去中山堂看表演的感覺。等我自己有了孩子，也是從小就接受各種文化刺激，帶他們去看綠光劇團，或是到國家劇院看巫頂的演出，但城市小孩擁有的這些資源，庄腳囝仔卻沒什麼機會接觸到。

　　我們先前支持過黃春明的「黃大魚兒童劇團」，也默默注意紙風車巡迴319鄉鎮的進度，還沒看過現場表演就決定贊助，完全是支持他們的理想，地點選擇則是因緣際會。第一站在新竹縣北埔鄉的南埔村，因為孩子小時候喜歡研究大自然，我在那裡有一間小屋，就跟莊村長商量，與當地「2010年石爺祭及成年禮」活動結合在一起，請小朋友看了一場戲。

　　第二站在彰化溪州，則是認識了詩人吳晟，他女兒「凱稻女」吳音寧跟我的孩子很談得來。我在紙風車網站發現溪州還沒有演出，於是決定奧援一場，雖然還是無法親自到場，事後聽吳音寧

第267鄉　·　第313場 99.10.17 高雄縣大社鄉　·　大社國中 2000人 贊助：佛光山及各地熱心人士
第268鄉　·　第314場 99.10.30 彰化縣福興鄉　·　大興國小 1800人 贊助：鐘施玉聘女士及各界熱心人士

第 269 鄉 · 第 315 場　99.10.31　彰化縣線西鄉 · 線西國小　2500 人　贊助：竹城建設機構及各界熱心人士
第 270 鄉 · 第 316 場　99.11.07　台北縣鶯歌鎮 · 鶯歌國小　1800 人　贊助：福大橡膠廠股份有限公司王貴清董事長及各界熱心人士

說，當天兩千多個小朋友都很開心，也感到很安慰。

贊助峨眉這個僅有數千人的鄉鎮，也是在透過網站發現新竹縣剩下峨眉還沒有圓夢。我很驚訝，因為它跟北埔鄉的南埔村相鄰，明明就在隔壁，北埔已經走到第二哩了，峨眉卻還在等待，文化及經濟資源相差這麼多，可見台灣的城鄉差距有多麼嚴重。於是，我先生就說「來處理一下吧」，而這也成為我們現場的初體驗。

到了現場，才知道這個演出必須有那麼多人參與、工程多麼浩大。當天，峨眉下著毛毛雨，但全場很 HIGH，跟國家劇院正襟危坐的環境不同，大家可以喊得大小聲，將內心的快樂都釋放出來，那個互動是完全不一樣的。以前參加 319 四週年的感恩茶會，不明白照片裡面為什麼會有狗狗？那天在才知道是追風賽狗場，即使原本有點「閉持（害羞）」的人，在大手、小手伸出來爭相幫忙狗狗前進的時刻，童真的部分都被牽引出來了。

有位在鄉下長大的朋友，回憶起小時候看戲的感覺；另一個朋友既興奮又感慨說，希望五歲的女兒不要只認識卡通裡的 Hello Kitty、Keroro 軍曹，下次也要帶她體會不一樣的文化。令我感觸更

第 271 鄉 · 第 317 場 99.11.11 台中縣和平鄉 · 白冷國小 700 人 贊助：台美扶輪社、徐明炎、施振榮及各界熱心人士
第 272 鄉 · 第 318 場 99.11.12 彰化縣溪州鄉 · 溪州國中 2000 人 贊助：藍瑞雲女士及各界熱心人士

　　深的是，鄉長說，峨眉上一回有這麼大的藝文活動，應該是二、三十年前，楊麗花劇團來公演的那次了。這段話讓我更加體認到，類似紙風車這樣將文化表演帶到田庄的活動，對於資源貧乏的鄉間，是多麼重要的一件事。

　　我經常跟朋友說，人不可能獨立於社會，不是自己活得好就行了，有能力、有機會的時候，也要拉別人一把。給鄉下孩子一個啟蒙的機會、讓城鄉的距離不再那麼遙遠，這是紙風車的大工程，也是我單純的想法。

給孩子的一句話：
希望台灣的孩子學習唐吉軻德精神：相信自己，堅持到底！

第 273 鄉　·　第 319 場 99.11.13 屏東縣萬巒鄉　·　佳佐國小 1300 人 贊助：全家紙風車商品一元捐及各地民眾
第 274 鄉　·　第 320 場 99.11.25 屏東縣滿州鄉　·　滿州國小 700 人 贊助：財團法人浩然基金會及各界熱心人士

有能力付出是一種福氣

98.4.24 屏東林邊

聽長大的女兒說林邊媽媽的故事。

左起：女婿佳美食品游昭明董事長、姊姊林森桃女士、父親林來春先生、妹妹林貴月女士

「林仔邊第二場，是阮某貢愛捐ㄟ，因為佳是伊阿母的故鄉。」佳美食品董事長在台上這麼說，林邊鄉的演出，是姊姊林森桃女士要捐的，林女士說，自己憨慢說話，在台上要妹妹林貴月講，妹妹卻和弟弟一起寫了阿母以早的小故事：「阿母卡早是因癩痢頭，頭毛剃光光，大家攏叫伊『黑梨』。」

「阿母真辛苦，一肩擔起全家伙的生計。」

阿母說：「咱可以分人是一種福氣，不通嘸甘給人。阿母身軀只有十元，嘛是攏給路上的乞食。」

「因為阿母的身教，現在我們有能力了，我也要回饋故鄉！這個生我養我的故鄉：林仔邊。」

屏東林邊是第二場的演出了，我們特別為這個思念母親的女兒，演出她母親：林謝扇女士的故事。小小的故事，不僅主人翁看得淚流滿面，我們也感動不已，飾演林謝扇的阿嬤（我們的演員）也在戲後向林森桃女士表達自己的心情。
開演前，也特別放了好長好長的煙火！

那一刻，真的感覺一股暖流直衝心門～沒在現場，真難感受……

第 277 鄉 · 第 323 場 99.11.28 新竹縣湖口鄉 · 新湖國中 4000 人 贊助：新竹新湖扶輪社及各界熱心人士
第 278 鄉 · 第 324 場 99.12.05 台北縣石門鄉 · 石門國中 1000 人 贊助：全家紙風車商品一元捐及各地民眾

不過，感性歸感性，我們依然沒忘自己的使命：帶給孩子快樂呀！

三個小孩子看得咧嘴大笑。

這裡這裡，也有三個孩子，準備好要玩追風賽狗場！
看來我們的追風賽狗場真是拾得童趣的好方法喔……

第279鄉 · 第325場 99.12.10 高雄縣桃源鄉 · 桃源鄉立體育場 420人 贊助：財團法人浩然基金會及各界熱心人士
第280新 · 第326場 99.12.11 高雄縣鳥松鄉 · 仁美國小 3500人 贊助：全家紙風車商品一元捐及各界熱心人士

阿欽飛天術：繼上次阿欽
飛躍月球後，本期再加送
「阿欽騰空劈腿」。
呀砸！

不要以為只有姨婆會劈腿啦！

第 281 鄉 ‧ 第 327 場 99.12.12 彰化縣員林鎮 ‧ 育英國小 2700 人 贊助：黃欽明先生、施振榮先生、毅嘉科技及各界
熱心人士
第 282 鄉 ‧ 第 328 場 99.12.19 台南縣佳里鎮 ‧ 信義國小 2500 人 贊助：全家紙風車商品一元捐及各地民家

全家動起來，許孩子夢想與創意！

全家便利商店股份有限公司董事長 潘進丁

「全家紙風車 1 元捐」（99.7.13～8.9）這個全家與光泉、維他露（御茶園）、台灣百事食品、美商瑪氏（M&M 巧克力）共同合作的聯合性活動，用將近六十種指定商品買 1 件捐出 1 元的方式贊助紙風車 319 鄉村兒童藝術工程，這項創舉得到很大的迴響，而這個點子的發想，是來自公司內部的一位基層員工。

前年，這位提案人在一次與店長的閒聊當中得知紙風車 319 鄉村兒童藝術工程，由於他是台北人，沒想過偏鄉孩子不能像都市的孩子可以常接觸藝文表演，他覺得這個活動的立意很好，因此便親自去現場看演出，當下受到很大的感動。由於全家內部在推廣品牌活動，

希望所有員工能夠踴躍提供創意發想，因此他經過一番詳細的調查之後便向公司提案——紙風車感動了他，他把感動轉為企畫，然後感動了評審，在上百件創意提案中脫穎而出。

兩、三個月之後，由總部同仁接手，幾個商品部門一起腦力激盪，最後決定與四家廠商合作 1 元捐這個活動。由於成效頗彰，其他廠商得知之後也想共襄盛舉，因此 100 年參與的廠商增加到七家。

其實全家一直在幫助弱勢孩子，例如八八風災過後，在媒體報導下湧入大量捐款，但後續就不聞不問。我們認為災區民眾需要的不只是捐款，而是長期的關懷，因此舉辦了「88 水災全家愛在

第 283 鄉 · 第 329 場 100.01.14 彰化縣二水鎮 · 二水國小 1200 人 贊助：林小姐及各界熱心人士
第 284 鄉 · 第 330 場 100.01.15 台南縣白河鎮 · 白河體育公園 2200 人 贊助：財團法人台南縣私立蓮心園社會福利慈善事業基金會、基金會附設啟智中心 /FM90.3 新營之聲廣播電台及各界熱心人士

第 331 場　100.01.22　雲林縣莿桐鄉　·　莿桐國小　2500 人　贊助：莿桐鄉子弟及各界熱心人士
第 332 場　100.02.20　高雄縣岡山鎮　·　竹圍國小　3000 人　贊助：住商不動產岡山家家加盟店及各界熱心人士

原鄉」活動，號召員工去屏東瑪家鄉為原住民孩子進行課後輔導，陪小朋友畫圖、玩遊戲，講故事給小朋友聽，活動一開放報名就「秒殺」，很開心公司伙伴們都十分有愛心。所以，全家和紙風車兒童藝術工程關懷弱勢孩子的理念是契合的。

全家有二千六百多家店，透過 1 元捐所募集的二百多萬元，意味著參與的大約上百萬人，十分可觀。我認為「全家紙風車 1 元捐」，最大的效益不在於贊助金額的多寡，而是在紙風車的努力已得到大眾認同的前提下，進一步將紙風車的善念大幅散播出去，並在過程中把愈來愈多人捲進這個活動當中。

由於全家在兒童藝術工程已進行到第三年才開始加入，所以選擇贊助展演地點的原則是先以紙風車沒去過的鄉鎮為前提，再挑選全家可能去展店的地方，因為雖然現在全家的連鎖店不少，但很多地區仍找不到全家，我們期望未來每個地區都可以看到全家，這樣企業志工們也能夠就近協助。

我一向鼓勵同仁在工作之餘能夠多參與公益活動，以開闊視野、平衡生活，所以公司內部一旦 E-mail 發出活動訊息，除了轄區的伙伴會自動分配工作之外，其他地區的伙伴也會帶小朋友去現場，雖然不一定能幫上什麼忙，但覺得自己正在參與一件很好的事情，心情也會十分愉悅。活動結束後，伙伴們總會很踴躍地在 Facebook 分享相片及參與

第 285 鄉　‧　第 333 場　100.02.25　花蓮縣瑞穗鄉　‧　瑞穗國小　1000 人　贊助：黃欽明、王貴清、上木木材行及各界熱心人士
第 286 鄉　‧　第 334 場　100.02.26　花蓮縣鳳林鎮　‧　鳳林國中　1100 人　贊助：竹城建設機構及各界熱心人士

心得,十分有認同感。

　　長久以來,我一直都會去欣賞綠光劇團《人間條件》系列舞台劇,聽李永豐執行長提到紙風車319鄉村兒童藝術工程時,對這幾個「文藝老青年」懷抱著唐吉軻德式的夢想,而且居然真的做得到,感到十分欽佩!我和太太一同前往觀賞台北縣石門鄉那場演出,開場的紙風車《幻想曲》令我深受震撼;此外,生長在屏東鄉下的我,已經很久沒看到像這樣阿公帶孫子、父母帶孩子一同去看戲,而且大家都笑得如此燦爛的溫馨畫面了。回家途中,我和太太在車上討論,她是老師,她說她在學校也曾看過兒童劇的表演,但從來沒看到這麼震撼的演出,令她非常感動,這實在是十分有意義的活動!

　　回想起小時候,我們鄉下孩子要看戲是不容易的,現在紙風車319鄉村兒童藝術工程卻能讓偏鄉孩子在家鄉就能看到國家劇院級的演出,給孩子一個夢、想像與創意,我認為比物質上的捐助更有意義。希望紙風車未來啟動第二哩路時能給我們機會連結,讓全家未來在推動關懷偏鄉兒童的理念上,可以更緊密地結合在一起!

> **給孩子的一句話:**
> 孩子最寶貴的就是笑容,
> 祝福每個孩子都能快樂
> 的玩、大聲的笑!

第335場 100.02.27 花蓮縣花蓮市‧六期重劃區廣場 3200人 贊助:花蓮縣宗亞教育基金會、玖茂全生物科技、富全風機、長流美術館、長美藝術、信業聯合會計師事務所

給自己留一點 319

韓進海運台灣總代理業務部總經理 李燦元

我經常開玩笑說，加入 319 的行列，是因為李永豐的「淫威」而不敢不從，就這樣一頭栽進去，而且越陷越深了。

我們有一票人，大約十七、八個，裡面有客運老闆、衛浴頭家、餐廳總經理、畫家……也有人在政府機關上班，這票朋友跟李永豐接觸之後，經常聽他在那裡「幹譙」，居然漸漸被他打動了，於是我跟莊海堂開始籌備「風火輪兒童關懷基金會」，很像是紙風車的後援組織，畫家游志忠還設計了 LOGO。為什麼叫做風火輪呢？因為命名的時候想到

三太子，我們這群人或許如同李哪吒，踏著風火輪陪伴紙風車 319 鄉鎮走透透也不錯。

後來，莊海堂擔任會長，我變成副會長，也是李永豐的「對口單位」，有什麼需求就來找我「處理一下」，大家也都很樂意幫忙。有時候，我跟朋友講笑話說，參加 319 可以「贖罪」，做一點善事，以後就算下地獄也比較不會那麼艱苦，「可能不會下第十八層，而是到第十七層就好了啦。」哈哈哈。

我第一次「下海」，是為了八八水災

第 287 鄉 ‧ 第 336 場 100.03.04 台北縣烏來鄉 ‧ 烏來立體停車場 650 人 贊助：台新金控、台新保代、台新銀行文化藝術基金會及各界熱心人士

第 337 場 100.03.05 嘉義縣竹崎鄉 ‧ 親水公園 5000 人 贊助：台北市嘉義同鄉會竹崎聯誼會及各界熱心人士

義演向海運界朋友開口。老實說,踏出募款的這一步,我也是怕怕的,因為從來沒有伸手要人家捐錢,心裡當然很緊張。想不到,朋友的迴響頗為熱烈,看到義工們不求回報、無私無我的精神,大家更覺得感動,也自然而然願意支持兒童鄉村藝術工程。我真的很佩服紙風車319那些人,無論專職或義工都無怨無悔付出,而李永豐看似瘋瘋癲癲的,做起事情來卻很有一套。這一路走來,319的活動在台灣已經打出一個品牌,獲得越來越多認同,甚至還有朋友主動

問我說:「Geroge,怎麼這次還沒有來募款呢?」

我自己是宜蘭市人,父親早年生意失敗,全家搬到台北來打拚,我跟兩個妹妹彷彿「流浪三兄妹」提著一個「腳網」(提包)在台北討生活,但也因而結識來自各方的朋友,處處為家、處處家,別人有時還分不清楚我究竟來自何方?因此,我支持紙風車,考量的不是出生的故鄉,而是更廣大的區域。

「風火輪」的朋友,多數都是事業有點成就,參與319等公益活動,心靈上

第288鄉 · 第338場 100.03.06 台南縣玉井鄉 · 玉井國小 1100人 贊助:柯碧珠女士、蘇煥智先生及各界熱心人士
第289鄉 · 第339場 100.03.11 彰化縣大村鄉 · 大村國小 1500人 贊助:大洛杉磯台灣會館基金會及各界熱心人士

可以得到一點安慰，2010 年的紙風車最後一場 319 在台南佳里演出，我們搭了一輛遊覽車下去，當天陸續到場的差不多有十個人左右，大家還穿著同樣 LOGO 的 T 恤，一起幫忙排椅子。許多「風火輪」成員都是第一次看現場、第一次親眼目睹那麼多小朋友純真的笑容，那種快樂絕對不是用金錢可以買得到的。

有一位成員，小時候不怎麼長進，那天特地帶媽媽去佳里，讓媽媽知道他現在有能力回饋社會，而媽媽看到他上台領獎的那一幕就說，你真的變了，那個場景實在令人感動。而另一位朋友也回味自己小時候的狀況說，為台灣做這些事，讓孩子們有一個美好的記憶，大家歡喜甘願。

政治問題讓台灣社會變得不是藍就是綠，唯一可能產生共同交集的就是文化。319 的支持者中，有藍、也有綠，為了台灣孩子的文化藝術教育，可以將各自的執著拋開，這是很不容易的大工程。紙風車婉拒大企業家一口氣捐款數億包場，就是希望全民參與，大家有參

第 290 鄉 · 第 340 場 100.03.12 彰化縣埤頭鄉 · 合興國小 3000 人 贊助：台北市南德扶輪社及各界熱心人士
第 291 鄉 · 第 341 場 100.03.13 台南縣西港鄉 · 成功國小 3500 人 贊助：財團法人癌症防治基金會及財團法人茂迪文化藝術基金會及各界熱心人士

與感，大家都得到快樂，這種無形的融
合過程，對台灣社會也是難得的機會。

　　有人說，生命不要留白。但我認為，
人可以很忙卻不能窮忙，應該給自己的
心靈留一點空間，做喜歡的事、感受發
自內心的喜悅。319 就是我給自己的生
命空間，沉迷小朋友的笑容，也是挺有
意思的，不是嗎？

給孩子的一句話：
祝福台灣的小孩子：
心安、平安。

第 342 場 100.03.18 台中縣梧棲鄉 · 梧棲國小 2000 人 贊助：惠勝興貿股份有限公司及各界熱心人士
第 292 鄉 · 第 343 場 100.03.19 彰化縣社頭鄉 · 社頭國小 3000 人 贊助：美商摩根大通集團及各界熱心人士

長長久久的藝術力量
超捷國際物流公司董事長　蔡登俊

　　我來自台南鄉下，因為是家裡的獨子，家人對我從小就保護得很好、管教比較嚴格，既不讓我接近水，也不讓我靠近任何可能危險的東西，個性顯得含蓄內向。自從跟紙風車的團隊在一起，膽子彷彿變大了，現在什麼都可以去嘗試，覺得好快樂。

　　還記得，第一次接觸紙風車319鄉村兒童藝術工程的訊息是在蔡振南家裡。當天，李永豐起鬨要我捐錢，我說好啊，但是究竟要捐什麼呢？蔡振南透過電腦讓我看紙風車網頁，說他們正在「玩319」，讓鄉下孩子也有機會接觸藝術活動，我覺得這件事情很有意義，雖然當時故鄉新化已經走過第一哩路了，但既然認同這個理念，就不見得只支持自己的故鄉，因為即使新化走過了，也還有許許多多其它鄉鎮等待圓夢，同樣很需要你我的參與。

　　我們並不是規模多大的公司，有多少能力就做多少事而已，以往從事公益也不太願意出名，怕被人家批評愛出風頭或者沽名釣譽，總覺得默默行善也很舒

坦，但李永豐給了我不一樣的想法，所以有時開玩笑說被他「推入火坑」了。我認為，身為一個企業經營者，贊助公益計畫的意義，並不單單只在於活動本身而已，而是讓員工看到，除了對事業的付出之外，對社會也有相當程度的參與或貢獻，他們覺得與有榮焉，甚至進而催生更多的認同。

　　藝術的力量很微妙，這一點，我因為支持唐美雲的傳統戲曲而深有體會。我從大學之後就長期在台北工作，跟留在台南老家的父母親關係明明很親近，卻又似乎欠缺什麼實質的東西可以連結，於是藉著唐美雲的演出，跟媽媽說要去看歌仔戲，問她要不要來？就這樣，她專程從台南到台北來看一場戲，而且覺得很開心，我希望將這份感動推廣給別人，試著進行一場感性的藝術分享。

　　當時，我問同事：「你們有多久沒有陪父母去看戲？」想想，我們要看《哈利波特》，父母會有興趣嗎？沒有吧。功夫片？喜劇片？父母的接受度也可能不那麼高，但歌仔戲是他們從小接觸到

第293鄉　•　第344場 100.04.15 台南縣南化鄉　•　南化國中 1000人 贊助：王建民•小王子加油基金及各界熱心人士
第345場 100.04.17 高雄縣仁武鄉　•　仁武鄉運動公園 4500人 贊助：財團法人上海商業儲蓄銀行文教基金會

大的。所以，我將唐美雲的票分送給同事、客戶與朋友，請他們帶父母親去看戲，結果造成滿大的迴響，與長輩之間產生新的連結，這就是藝術的力量。後來，我也帶媽媽看紙風車劇團的《天才老爹》、八八水災義演，彼此有了更多話題，講歌仔戲、講紙風車、講那些看319表演的孩子，她都聽得懂，也很有成就感。

319的緣分，讓我認識了許多紙風車的年輕朋友，我覺得他們對公益活動的投入，比一般人做事業還要認真。做事業的人，有時難免遇到困難或挑戰，不得不為五斗米折腰，但紙風車成員從事319這樣的公益，無論困難或挑戰再大，也都甘之如飴。跟他們在一起，我彷彿又找回年輕時候的純真，喚起內心如同孩童般單純的快樂心境。

我這種人，性格比較專心，總希望結交長遠的朋友。我相信，跟紙風車這個朋友一定長長久久，期盼兒童藝術工程的未來也長長久久，讓所有孩子都快快樂樂。

給孩子的一句話：
台灣是多元化社會，越來越多孩子的母親來自不同國家，希望大家努力去除族群或政治等等不必要的陰影，讓孩子們更和諧快樂地成長。

第294鄉　‧　第346場　100.04.22 台南縣山上鄉　‧　山上國小　1300人　贊助：柯碧珠女士及各界熱心人士
第295鄉　‧　第347場　100.04.29 新竹縣峨眉鄉　‧　峨眉國小　800人　贊助：藍瑞雲女士及各界熱心人士

每個人都揹一點責任，
社會就會幸福

華陽中小企業開發公司董事長　王家和

　　聽美國仔（李永豐）講完，我停頓了幾秒，還是保守的勸他從長計議，「你要全省走透透？咱甘要做這麼大？咱甘真正有這麼大的力？」只見他堅定的點頭。

　　其實，我一直很認同「文化均富」「文化下鄉」的理念，讓非都會地區的小孩能夠在美術、音樂、藝術上有接觸和啟迪，但要辦一個全省各鄉鎮的文化運動？我做人做事比較保守，不能保證完全可以做到，我不敢承諾，「你話喊出去之前，手指頭也要扳一扳啊！不然先從 119 鄉鎮、219 鄉鎮做起啊，說到

沒做到，這樣會很沒面子耶……」

　　從魔奇劇團到紙風車，這一路走來我都很支持，「美國仔說什麼，我就照辦啦，沒有太多選擇！」（大笑）因為，他那種「再苦都要讓孩子們看戲」的堅持，讓我很感動也很敬佩，看到李永豐、柯一正、吳念真他們為了理想而不計代價的真誠和投入，比我有勇氣有遠見，我力量很微薄，也沒有什麼經驗，但既然我是他的鼓掌部隊，「我沒有打折扣的空間！」

　　於是，我一開始先自掏腰包十萬元贊助行政費，你要號召大家來參與，總得

第 348 場 100.05.01 嘉義縣義竹鄉 · 義竹國小 3600 人 贊助：黃尚文先生、義竹會、北港仔教育基金會
第 296 鄉 · 第 349 場 100.05.04 台南縣左鎮鄉 · 左鎮國中 700 人 贊助：王建民小王子加油基金及各界熱心人士

印印說帖和文宣，來行銷自己理念吧；之後我也在故鄉台南捐助了一場演出。

　　一開始我本打算贊助家鄉台南縣鹽水鎮，沒想到有人比我手腳快「拔到頭香」，鹽水鎮長說，他們地方已經募好款項了。我心想，這也沒關係，對故鄉的愛不須侷限，我便贊助家鄉隔壁距離十幾公里的下營。

　　99 年 9 月 17 日，我一大早從台北南下，本來以為一切妥當，沒料到，竟然有別的活動「拚場」了……

　　原來，時逢中秋佳節，各地都在辦中秋晚會，到了傍晚，舞台旁的社區開始熱鬧進行中秋摸彩活動，還有卡拉 OK 開唱，我不停地到附近巡走，擔心會不會人都被拉光光？沒想到，演出前一刻竟全場爆滿，連攤販都統統跑來，熱鬧得好像小時候辦廟會，現場近兩千人，台上台下互動的時候 high 翻天，劇情起伏時又靜得鴉雀無聲，全場一動一靜，我不禁熱淚盈眶，我們做對了……

　　對鄉下來說，這也許是一齣史無前例的精緻大戲；但對我們而言，卻是一場對台灣土地、對故鄉情懷的「無償的奉獻」！只是想要帶給小朋友歡樂，這個善的意念，得到的實踐竟然超過預期。

第 297 鄉　·　第 350 場　100.05.06　彰化縣大城鄉　·　大城國小　1300 人　贊助：中興保全集團、財團法人中興保全文教基金會及各界熱心人士

因為，你不是來賣膏藥，也不是來募款，更沒有宣傳商業活動，大家都是無所求來做這件事情，這樣單純的心，地方上都接收到了，現場的熱情和感謝，我當場就被「敲到」、被「touch 到」，不自覺掉下眼淚，因為，這是一種「無償的奉獻」。我馬上轉身對美國仔說，「哪個鎮還空著還有缺，算我的！」

當然，也會有很多企業界朋友開玩笑說，參與文化公益通常都有回饋，像贊助畫家至少都會回饋一些名畫，「啊你去支持這些表演團體，好像什麼都沒有拿到！」但我始終覺得，國家社會的進步應從兒童開始，對小孩的心理發展、找尋未來的路都會有所啓迪，這也是國民素養的養成，不是一天兩天可以辦到。

個人的力量很小，甚至有可能連一滴水都談不上，只是一抹小小的霧氣，但我希望能讓這些理想發芽長樹、成林，

第 298 鄉 · 第 351 場　100.05.07　彰化縣埔鹽鄉 · 埔鹽國小　2500 人　贊助：中興保全集團、財團法人中興保全文教基金會及各界熱心人士

透過這個藝術工程，319 工程不再只是一棵樹，而成為一個林。因為它培養多少人才、帶給孩子多少歡笑、帶給社會無形的正面能量，那個種子已經種下去了。

很多人以為鄉下資源少，其實，有時候匱乏、挫折、危難，就像豆芽成長一樣，是給人向上的力量，「如果沒有經過苦難的滋味，人生都是甜的，將無法體會苦辣鹹澀的味道！」

「如果每一個人都揹一點點責任、一種連結、一種回饋，是不是會好一些？」每個人的成長，都不完全是靠自己，是社會很多的力量在協助，就像廟會扛神轎，不管多少人扛都要輪班，你累了就換我，我累了你來替，319 鄉村兒童藝術工程希望做的，就是這個風氣的發起，「我們彼此有了連結，這樣的社會才會幸福啊！」

> 給孩子的一句話：
> 每一個人都揹一點責任、一種連結、一種回饋，社會就會很幸福。

第 299 鄉 · 第 352 場 100.05.08 彰化縣竹塘鄉 · 竹塘國小 1500 人 贊助：中興保全集團、財團法人中興保全文教基金會及各界熱心人士

尾聲

媽祖保佑一切順利

100.8.6 金門烏坵

媽祖保佑順利抵達烏坵島。

到了烏坵看到岸邊一群等著回家的國軍弟兄們，很可惜他們要回家過節，沒機會看我們的表演。

原本還很擔心小艇不開我們就無法上岸了，好家在媽祖保佑風浪平穩，我們坐的金門快輪可以直接靠岸停。

第 300 鄉 · 第 353 場 100.05.13 苗栗縣西湖鄉 · 西湖國小 700 人 贊助：中興保全集團、財團法人中興保全文教基金會及各界熱心人士

大家放好行李後就是觀光的時間囉！「永保烏坵」是必來的景點之一。

島上的媽祖廟，來給媽祖請安。保佑我們演出順利、回程時間也順利，真的就給祂很靈驗的，一切都非常順利！

烏坵島上唯一的郵局，藍色衣服的是烏坵郵局的局長，他說郵局從沒塞這麼多人過，生意給他粉好啊！親愛的朋友們，我們可是不忘蓋上烏坵的紀念章寫上祝福的話寄給你們喔！敬請期待吧！

第 301 鄉 ‧ 第 354 場 100.05.14 苗栗縣三灣鄉 ‧ 三灣國中 700 人 贊助：中興保全集團、財團法人中興保全文教基金會及各界熱心人士

觀光完之後就是認真工作的時間到了，這是我們的表演場地：停機坪。特別的場地當然要配上特別的舞台囉！兩台軍卡做我們的翼幕，沒有舞台板做舞台，演員們就是在水泥地上表演。

在這裡雖然沒有華麗的舞台，但是該給烏坵鄉親看的演出不變，基本配備一樣都不能少。就連「紙風車319鄉村兒童藝術工程」的大輸出都要想辦法給它吊起來。

軍卡還可以當作音控室使用。

下午阿兵哥們也一起來協助幫忙排椅子。晚上六點多阿兵哥們就來報到，準備就坐看今晚的表演！

第 302 鄉 · 第 355 場　100.05.15 苗栗縣獅潭鄉 · 獅潭國中 500 人　贊助：中興保全集團、財團法人中興保全文教基金會及各界熱心人士

第 356 場　100.05.20 台中市 · 國美館大門廣場 4500 人　贊助：台中市愛彌兒幼教機構

晚上演出即將開始，這加油的呼喊聲聽起來格外的振奮人心。

演出正式開始，巫媽媽來自我介紹，從中依稀聽到阿兵哥們小小聲的說：「我是一個巫婆，而且是一個有孩子的巫婆……」

第 303 鄉 · 第 357 場 100.06.04 屏東縣春日鄉 · 古華國小 700 人 贊助：中興保全集團、財團法人中興保全文教基金
　　　　　　　　　會、及各界熱心人士
第 304 鄉 · 第 358 場 100.06.05 屏東縣竹田鄉 · 西勢國小 3500 人 贊助：張道宏先生及各界熱心人士

這次特別為烏坵鄉親加演一段〈烏坵的故事〉，戲中演唱烏坵的校歌，讓烏坵鄉親回味兒時的記憶。

烏坵有三黑：燈塔黑、紫菜黑、還有大隊長的皮膚最黑。

第 305 鄉 · 第 359 場 100.06.06 高雄縣永安鄉 · 永安國小 2500 人 贊助：中興保全集團 · 財團法人中興保全文教基金會及各界熱心人士

第 306 鄉 · 第 360 場 100.06.12 台北縣坪林鄉 · 坪林國小 700 人 贊助：美商摩根大通集團及各界熱心人士

看到台下小朋友及阿兵哥們看得入迷、玩得開心，突然覺得這幾個月來的辛苦都沒了！

烏坵 310 鄉鎮達成，因為你們，讓我們更愛烏坵。

第 307 鄉 · 第 361 場 100.06.17 台南縣東山鄉 · 東山鄉運動公園 3500 人 贊助：中興保全集團 · 財團法人中興保全
　　　　　　　　　　　文教基金會及各界熱心人士
第 308 鄉 · 第 362 場 100.06.18 高雄縣杉林鄉 · 上平國小 1200 人 贊助：中興保全集團 · 財團法人中興保全文教基
　　　　　　　　　　　金會及各界熱心人士

因為微小，所以呵護

319 最艱困的鄉鎮：烏坵之行

孤寂之島，團聚的煙火

「咻～～咻～～蹤！蹤～～」夜空中，傘花絢麗般的煙火，劃破烏坵的夜空。

一百多年前，烏坵曾是廈門漁民的中歇處，漁場豐盛，人口數高達一千多名。五十多年前，它曾是兩岸砲火交鋒的地雷區，至今蒙上軍管的神秘之紗。今晚的夜空終於回到烏坵人的手上。令人興奮又期待，煙火躍空之下，響起久違的童稚笑聲，還有陣陣的烤肉香。

這天島上有五十六個小朋友，有些甚至是第一次回來。「比過年還快樂」。這個平均年齡七十歲的島嶼上，阿公阿嬤看到久違的子孫，對紙風車工作人員與現場媒體記者激動的說，「足感恩，今天你們來了帶回島上的孩子，讓阮聽到了很久沒有聽到的笑聲。」

烏坵，一個學校廢了。小孩走了，台灣行政區最小的鄉鎮，被稱為遺忘之島，2011 年 8 月 6 日在大坵的商店街廣場點燃了煙火，廣場只有四家店，現

居島民約僅剩三十餘位老人。但紙風車 319 鄉村兒童藝術工程，並不因為烏坵小，而遺忘它。反倒因為它又遠，又小，又是軍管區，成為紙風車 319 鄉村兒童藝術工程中難度最高，最想突破的艱困區。

「怎麼去烏坵？」「誰帶我們去烏坵？」「誰能回烏坵看戲？」每個艱鉅的環節迎面而來，衝擊紙風車團隊。

實現承諾，帶我去烏坵

「設計烏坵的島型與布條，以圖像表達我們到了烏坵表演」「把烏坵的小孩載到移居的台中海線或是高雄左營，辦一場屬於烏坵兒童的演出」各種「類烏坵」的建議紛紛出爐。

但到偏遠地區表演藝術不就是紙風車投入 319 鄉村兒童藝術工程的初衷嗎？連結兒童與家鄉與土地的認同感，不就是我們揮汗奔波的夢想嗎？四年多來，隨著 319 鄉村兒童藝術工程走過台東蘭嶼、屏東琉球、連江縣、金門縣、澎

第 363 場　100.06.22 基隆市 · 建德國小 4000 人　贊助：基隆市建德國小師生、第三、四、五屆熱心校友、藍瑞雲女士及各界熱心人士

第 309 鄉 · 第 364 場　100.07.08 台南縣龍崎鄉 · 龍崎國小 1300 人　贊助：楊明記先生、中華彩虹天堂協會及各界熱心人士

湖縣等十七座離島鄉鎮，僅剩金門烏坵最後一塊拼圖怎麼達成？一直被紙風車團隊懸記在心。

「也許媽祖有在處理。」常把媽祖當作紙風車協調人的執行長李永豐，2010 年初在蕭萬長副總統官邸的一場席宴中，遇上了國防部長高華柱。席間聽到了紙風車對前進烏坵的決心與難處，蕭副總統當場指示國防部大力配合，促成這次史無前例的離島大演出。

離島之願，最後的拼圖

從 2010 年 7 月開始，紙風車基金會與國防部長達一年多的居中協調，在陸戰隊烏坵守備大隊協助下，運輸艦提前一週將大型發電機、舞台設備從高雄運過來，表演台上翼幕無法開展，找軍方卡車充當支架，停機坪上無法架高舞台版，演員表演時得跳高一點，從聲光音響裝台到肢體動作，細節反覆推敲，馬虎不得。為了就是要把國家級劇院帶到烏坵，與兒童笑容相遇。

「這是最艱難的一個區域，319 最小的鄉鎮，我們兌現承諾，一定要來。」紙風車基金會董事長柯一正親自率團，8 月 4 日夜間十一點在台中梧棲登上金門快輪之前，氣象局發布梅花颱風海上警報。四十三個團員、媒體記者忐忑上船，臥鋪待命，夜色茫茫中，等待黎明風浪轉小，大家默禱，順利抵達烏坵。

原本報名一六一位烏坵鄉民，因為颱風搗亂，只有八十名風雨無阻抵達台中港。他們帶著絲瓜、太陽餅、香腸、還有奶粉等日常用品，喜孜孜的登船，「平常往返台灣船班十天才一次，我們

第 365 場 100.07.09 桃園縣蘆竹鄉 · 光明國小 3500 人 贊助：Lewis Walt
第 310 鄉 · 第 366 場 100.08.06 金門縣烏坵鄉 · 烏坵守備大隊停機坪 300 人 贊助：感謝長期支持的各界熱心人士

斑駁記憶，校歌大復活

　　夢想、連結、認同。是紙風車發願初衷，在烏坵演出前，紙風車就想要送給返鄉的居民與固守離島的阿兵哥們一個專屬的禮物。

　　在七齣表演劇碼中，特別加演了〈烏坵的故事〉。紙風車團長任建誠說，「編劇前，我們苦思烏坵當地的特色是什麼？除了紫菜、燈塔之外，這個島的共同回憶是什麼？當初我們在網路看到廢校多年的國小校歌孤零零的被刻在斑駁牆壁上。」簡單的字體刻畫，以一種遺忘又堅韌的姿態，告訴世人，關於烏坵島民的過往。

　　「我們是前線的小朋友，烏坵國小的好學生……不怕風浪敵人襲擊，永遠堅強在孤島上……」1988 年廢校，島上的小朋友就此得離鄉背井到金門與台灣念書。紙風車團隊決定讓刻在牆上的校歌大復活，重新譜曲、錄音，編入劇情。當穿著制服、軍服、護士、漁民的演員大聲唱著烏坵國小校歌步上台時，台下三、四十歲的烏坵居民先是瞪大眼睛，說不出話來，當記憶盒子打開了，台下齊聲唱出那消失二十三年的旋律，當台上演員拉起「烏坵布條」高喊「烏坵加油」！台上台下瀰漫著悸動與興奮。七十多歲的烏坵鄉鄉長陳興坵紅著眼眶

　　很少回烏坵，過年都是把父母接到台灣圍爐。」烏坵居民吳美蓮，是島上雜貨店烏拉圭的老闆娘，這次因為紙風車演出，包括住在高雄的一對兒女，加上堂兄弟姊妹，共十九個小孩，趁著四天船班，回烏坵團聚。

　　吳美蓮小兒子外號小海鷗，十七歲的他是烏坵最後一個出生的小孩，當初臨盆前搭著海鷗直升機到台灣。另外一個曾經在彰化基督教醫院烏坵工作站擔任護理的賴靜憶，聽說 319 鄉村兒童藝術工程演出，特地把戶籍遷到「烏拉圭商店」（只有設籍烏坵居民才能搭船）。這些因血緣、地緣與烏坵結緣的人，都因為紙風車演出，帶著自己的故事，回到國境之西，重溫舊夢。

第 311 鄉　‧　第 367 場 100.08.13 苗栗縣造橋鄉　‧　大西國中　1800 人　贊助：感謝長期支持的各界熱心人士
第 312 鄉　‧　第 368 場 100.08.20 苗栗縣大湖鄉　‧　夜市廣場　1700 人　贊助：感謝長期支持的各界熱心人士

說，「沒想到我有生之年，還能聽到這首歌？」年輕的馬克爸爸說，七歲的兒子一直以為自己是台中龍井人，看了這場戲後，突然轉頭驕傲說，「爸爸，我也是烏坵人。」

圓夢達成，謝謝你烏坵

一個被廢掉的學校、一個沒有小孩的孤島，一首被遺忘在牆上的校歌，在8月6日七夕情人節的夜晚，一幕幕躍上紙風車《幻想曲》的表演中，點點滴滴被串連，交織出島嶼奇幻命運。那一夜，不管是駐守的阿兵哥、家鄉的老人與離家遊子，共享了記憶中烏坵傷感、精采與美好的一切。在海潮聲、星空下，兒童的笑聲交錯其中，辛苦排演到凌晨三點的演員與全體幕後工作人員，謝幕時閃著淚光，站在粗礪的水泥地舞台上，深深九十度向觀眾鞠躬。

「謝謝你，烏坵！」獻出全島之力協助我們，並留下你們珍貴的淚與笑，讓紙風車319鄉村兒童藝術工程達成最後一塊離島拼圖，完成我們的夢想。

因為我們一路堅信，越是微小，越需要呵護。烏坵之行，再度見證五年來的堅持，再偏遠再艱困的地區，永遠不要放棄跟藝術相遇。

「勇敢地向前走吧！」「因為愛與夢想，正在前方等著我們。」唐吉軻德出發了，紙風車繼續往笑容的島嶼角落轉去。

第369場 100.08.26 台中縣后里鄉‧后里國中 3500人　贊助：王建和、高基讚、張明雄及各界人士
第313鄉‧第370場 100.08.27 新竹縣橫山鄉‧橫山國小 2000人　贊助：感謝長期支持的各界熱心人士

倒數 10 場，愛要傳下去

夏天的鳳凰花開了又謝，台灣欒樹在深秋黃橙橙，猶如鈴鐺懸吊枝頭，彷彿響起下課的鐘聲。嚴冬的東北季風刮起，一千八百多個日子以來，319 鄉村兒童藝術工程歷經數十寒暑，足跡遍及台灣角落，終於在 2011 年 12 月 3 日於萬里走完最後一場，達成了台灣近年來最浩大、持久的文化運動。

猶如畢業巡禮般，每一個星月奔波的的鄉鎮、每一個熱心參與的義工，還有千里迢迢來看戲的小朋友們，大家都想要把握最後十場演出的相聚，再次感染藝術與關懷的溫度。

2011 年 10 月 8 日在苗栗頭屋國中演出完畢，鄉長與贊助者依例上台與團員大合照。大家伸直身體振臂歡呼「第一哩路，苗栗最後一個鄉鎮達成！」

每一個歡呼、每一個跳躍，都帶著依戀、不捨，還有深深的感動。從 2011 年 8 月初的烏坵之行後，台灣本島進入倒數十場，分別是苗栗造橋、大湖、台中后里、新竹橫山、彰化埔心、新竹新豐、苗栗頭屋、新竹關西、台南柳營、高雄彌陀與新北市萬里。

倒數的時間滴答滴答進行中，除了一路陪伴 319 鄉村兒童藝術工程的老朋友們一路相隨之外，更多新朋友在倒數十場，熱情投入，在偏遠的鄉村中，拉起愛的連線，讓更多小朋友可以搭上最後一波藝術列車。

雖然已經有近八十萬名小朋友看過紙風車 319 鄉村兒童藝術工程表演，但更多小朋友因為地處偏遠，或者父母不在身旁，沒人可以帶來看戲，錯過跟藝術接觸的機會。行走全台，紙風車團隊最掛心的交通問題，由統聯客運接棒最後一哩的接送。統聯董事長呂奇峯豪氣的答應。從 2011 年 9 月開始，統聯客運與紙風車合作展開「圓夢巴士」免費接駁最後六個縣市（新竹縣、苗栗縣、彰化縣、台南市、高雄市、新北市）。

對象以三年前紙風車走過的鄉鎮為優先。每到了演出的傍晚，熟悉的綠色巴士身影，轉入田埂小徑，穿過夜市，人潮猶如廟會般湧入，有些小朋友手上還握著來不及吃的麵包當晚餐，剛從田裡回來的阿公阿嬤來不及脫下雨鞋，還有新住民媽媽揹著娃娃，帶著沖泡好的牛

第 314 鄉 · 第 371 場 100.09.03 彰化縣埔心鄉 · 埔心國中 2500 人 贊助：感謝長期支持的各界熱心人士
第 372 場 100.09.23 新竹縣新豐鄉 · 仰德高中 3000 人 贊助：新竹物流

奶，父母沒時間過來的，三義長老教會的牧師們幫忙照顧，中人子創意生活發展協會也在帶來長期照顧的弱勢家庭小孩，志工們還貼心的在車上準備晚餐。大家各自帶著興奮的心情上車，聊天、吃零食，猶如遠足般充滿期待，來看他們人生的第一場大戲。

319 鄉村兒童藝術工程下鄉，原本只是單純透過藝術表演給小孩帶來文化新視野，但卻意外連結了台灣獨特的人情趣味。「這幾年除競選晚會，我們已經很少在戶外跟厝邊隔壁，跟不認識的鄉民執行共同的記憶。」發起人吳念真導演說，小時候廟會、做醮、庄頭輪流拜拜，這些看似儀式，但卻是心意與情意連結的聚會，已經慢慢的被電視、電腦等個人化、客廳化的取代。這五年來，持續固定在鄉間進行的活動，就是 319 鄉村兒童藝術工程。也因為回歸到童年廟會相互感染氛圍，也讓出現了新時代的「鄰居情誼」。

身為新一代的厝邊，全家便利超商除了在 2011 年 3 月發動七家廠商一元商品捐，也從苗栗頭屋開始最後五場，發動店長，也把服務台移到表演現場，送禮物，玩遊戲，跟鄉親博感情。

第 315 鄉 ‧ 第 373 場 100.10.08 苗栗縣頭屋鄉 ‧ 頭屋國中 1500 人 贊助：感謝長期支持的各界熱心人士
第 374 場 100.11.04 彰化溪湖 ‧ 溪湖國中 5500 人 贊助：溪湖國中全體師生及各界熱心人士

　　五年前，紙風車從阿里山出發，只是單純的想把藝術傳達給鄉下小孩欣賞。這小小的火種，如今星火燎原，民眾參與，機構配合，企業響應，醫療體系動員最龐大的牙醫師公會，從 97 年開始，每場必到配合義診，參與的醫生人數高達一百多人，診療椅從小板凳，變成舒適又專業的躺椅，親切地為鄉村民眾免費口腔健診。

　　超商不再是制式的歡迎光臨，醫病關係也不會只有冰冷的互動。很多隱藏在台灣人心中的熱情與關照，都在 319 表演場次中毫無保留的釋放與回應，在倒數十場中離情依依中，感受彼此的珍惜。

　　319 鄉村兒童藝術工程下鄉執行五年來，歷經了 2008 年國際金融海嘯，導致捐款縮水，2009 年百年水患莫拉克颱風重創南台灣，演出的場地遭毀，居民被迫遷往安置中心，人事俱非，一連串衝擊，曾經一度讓 319 鄉村兒童藝術工程下鄉的時程慢下腳步，但未曾改

第 316 鄉 · 第 375 場 100.11.05 新竹縣關西鄉 · 潮音禪寺前廣場 3500 人 贊助：感謝長期支持的各界熱心人士
第 376 場 100.11.06 宜蘭縣五結鄉 · 中興國小 3000 人 贊助：黃適超及各界熱心人士

變過下鄉演戲給孩子看的初衷，尤其是災區的小孩，許多人歷經家園毀、家人散的驚恐，更需要戲劇的治療與陪伴。

2011 年 11 月 5 日的新竹關西演出中，紙風車特別頒發了第四屆青年文藝工作大隊的綬服儀式。從 2007 年 319 鄉村兒童藝術工程開跑後，紙風車為了讓更多熱情的社會力投入這場持久戰。每年開訓青年文藝志工訓練營，從辦公室的行政支援，到表演現場的布置協助，連續四年訓練了將近一百五十位文工隊成員義務加入紙風車，這股善念的行動力，延續至今，甚至在 2009 年台灣南部遭受到百年浩劫的八八水災，紙風車發動八八水災兒童藝術大隊，有兩千名志工報名，上山下海執行兒童生活藝術輔導營。

如今事隔三年，仍有許多志工持續執行八八災童陪伴計畫，每週凌晨四、五點搭乘巴士南下災區執行對小朋友的承諾。其中參與屏東萬丹鄉新興國小陪伴計畫的陳韻如與台南林內鄉大內國小的陳幸君兩位，也因為八八水災義工計畫，認識了紙風車，加入第四屆文藝工作大隊，持續她們對偏遠地區孩童的照顧與熱情。

天災頻傳，國際局勢驟變，五年來客觀環境日益惡化，更堅實了紙風車團隊的初衷，回歸到給孩子笑容的單純心願，一步一步慢慢走，不要放棄目標，終於來到了夢想那一端，在 2011 年 12 月 3 日，來到新北市萬里國小，達成台灣 319 鄉鎮最後一場演出。

當天超過三百位贊助者、志工、參與者、演出者在萬里參與了分享會，這些來自四面八方的力量，五年多來，共同匯集、努力執行，不靠官方，只靠民間，完成了史詩般的藝術創舉，再次把台灣的公民意識推向另一個里程碑，不但實踐了台灣熱情美好的一面，也讓每個參與者，見證了自己，與這塊土地共同成長，留下難忘的成長片刻。

雖然 319 鄉村兒童藝術工程第一哩路告一段落，這些日子參與過的人、看過戲的孩子，從 2006 年 12 月 24 日宜蘭員山到 2011 年 12 月 3 日新北市萬里，千山萬水，每一哩路，每張笑容，

第 317 鄉 · 第 377 場 100.11.12 台南縣柳營鄉 · 柳營國中 3000 人 贊助：感謝長期支持的各界熱心人士
第 318 鄉 · 第 378 場 100.11.19 高雄縣彌陀鄉 · 彌陀公園 2500 人 贊助：感謝長期支持的各界熱心人士

都將化為台灣這個時代的記憶臉譜。包括這五年來參與的贊助者、演員、志工三百多人從下午開始，齊聚萬里進行溫馨的分享會。

「我們不願見到台灣的孩子，因為外在環境，有了欣賞藝術的級距；我們不願見到鄉村的孩子，因為城鄉差距，喪失欣賞藝術表演的權利。」這是 2006 年 319 鄉村兒童藝術工程發起人的起緣宣言。如今，重新檢視每一句，不僅是誓言，皆化為堅定的力量，深植人心。

這五年，一千八百多個日子，隨著 319 鄉村兒童藝術工程的演出，陪伴多人經歷過生命的每個驚奇，歌手明章老師從結婚、生子每個喜悅的片刻，從四年前開始，他以溫柔的歌聲，站在 319 演出的舞台上，跟大家分享心情。朱宗慶打擊樂團也在萬里場，以氣勢磅礴的打擊樂表演，在最後一哩擊出鏗鏘有力的音符。

除了友情團體共襄盛舉之外，五年多來，三百多個場次共有超過三十位演員，曾經在舞台扮演過唐吉軻德、還有愛賴床的屋簷兄弟、〈八歲一個人去旅行〉的操偶師，神奇絢麗的黑光棒，這些不曾出現過在舞台節目單或是看板上的演員名字，他們認真又專業的身影，每次不鬆懈的排練，都是 319 鄉村兒童

第 379 場 100.11.27 苗栗縣三義鄉 · 建中國小 1800 人 贊助：國際扶輪 3500 地區三義扶輪社
第 319 鄉 · 第 380 場 100.12.03 台北縣萬里鄉 · 萬里國小（截稿前尚未演出，無法統計人數）贊助：感謝長期支持的
　　　　各界熱心人士

藝術舞台上精彩、鮮活的靈魂。在最後一場 319 表演中，所有曾經參與過的演員，都將在紙風車的號召下回娘家，一起為萬里場的觀眾，展現 319 開演以來，人數最龐大的一個劇碼〈台灣之光〉。

回想那些日子以來，豔陽下排練、下雨天滑倒、揮汗如雨、嚴冬如冰，戶外演出的辛苦與變數，都將在最後一場肢體表演中，化為甘美的回憶。

笑吧！哭吧！盡情的舞吧！在萬里分享會中，第一哩路圓滿達成，每個參與過的人，都在其中找到自己的心情與身影，並更加確定找到一群志同道合的伙伴，而且是傻蛋、蠢蛋。

經過五年來的淬鍊與執行，未來的每一站，每一個人都不再害怕擔憂。猶如紙風車《幻想曲》第一幕，大家心中早已化身為唐吉軻德，把愛散播在台灣偏鄉角落，當我們再舉起長矛的那一刻，呼喊著：「夢想已經起飛了，帶著孩子的笑容，不要怕孤單！」一起齊聲：「吼！哈！勇敢上路，出發吧！」

第 381 場 100.12.18 雲林縣元長鄉 • 新生國小（截稿前尚未演出，無法統計人數）贊助：元長國際同濟會及各界熱心人士

謝　幕

是結束也是開始，
台灣真正做到了！

李永豐

吳乙峰導演負責拍《紙風車319鄉村兒童藝術工程》紀錄片，活動接近尾端，他訪問我：「美國，你現在心情如何？」

老實說，我沒什麼太大心情起伏，我只想「代誌這麼多，下一攤要快點處理」。這是很務實、殘酷的。這五年來，紙風車從被質疑、冷嘲熱諷，到支持、肯定，協力完成這一場史詩般的社會運動，你若問我感覺，只能說這是上天的幫忙，不是我們厲害。

「紙風車無需要桂冠，這五年老天把這麼多人拉進來319鄉村兒童藝術工程，燃燒熱情，大家給的回報，比我們付出多，是我們要感謝台灣人民與這塊土地。」

我的家鄉嘉義布袋的過溝演出時，擠進兩千多人，連政治人物都說，「靠北，政見發表都沒這麼多人」，父母騎著摩托車帶小孩、阿公牽著腳踏車載孫子來。為什麼呢？因為孩子有需求，但是爸媽沒有錢。紙風車下鄉，越鄉下，越是人山人海。

這幾年台灣的城鄉差距、貧富拉大，鄉下父母不太可能帶著小孩去文化中心看表演，但是小孩的渴望，誰能提供？我常在現場，想起這些小朋友比我當小孩時還不快樂，更慘的是他們不自覺自己不快樂。

小時候我每天眼睛一睜開，有廟會、撈魚、農作、厝邊婚喪喜慶，小孩都是參與者，你的視界與胸襟，不會只有自己，而是一種互助的生活樣態，那是台灣人最珍貴的特質。現在的小孩，只有電視，才藝班，等著週休爸媽帶出去玩，尤其到了都市，沒有廟會、沒有儀式，更沒有歸屬感，生活就空了，只剩競爭與計較。

這五年來，在紙風車演出場所，我很喜歡看厝邊相招呼、青少年騎著腳踏車在周遭閒晃、旁邊是夜市烤香腸。這些味道在都市化、社會化之後都被蓋掉了，透過五年來持續的廟會儀式（319鄉村兒童藝術工程表演），氣氛又被我們搞出來了。

這些很庶民、很家常的感受，卻是台

灣最難得的特質。日本的記者與中國人民日報的特派員採訪時，都驚訝為何可以靠著民間力量，執行如此龐大持久的文化工程？他們甚至反思，在日本，在中國，辦得起來嗎？

「那是因為台灣人有熱情」，我們要很驕傲，當大家談教育，只在乎自己小孩時，台灣已經意識到照顧別人家的小孩。當國際的競爭力講的都是經濟成長數字時，我們的公民共識與參與，可以創下國際教科文組織的紀錄，鋪陳台灣自己的文化質感。創意美學，看起來很虛，沒什麼大不了，但這種力道卻很扎實的由民間發起，撞擊社會，持續而深遠。

我們常常很害怕，台灣這麼小，下一

代拿什麼跟國際競爭？但這五年來，透過 319 鄉村兒童藝術工程下鄉，雲林西螺的水電工發動募款、林園的老師站在郵局七個月舉牌募款……很多「類陳樹菊」的庶民力量崛起，關照自己的故鄉，319 只是那根火柴棒，燃起熱情與夢想，誰說我們在國際間不會有下一個王建民與吳寶春。

出版社要我代表紙風車執行小組講幾句話。我要謝謝各位伙伴，被我譙到無力的辛苦，但是他們心中是充滿感激與快樂，沒有這兩項，是無法支撐這麼久。我的腰圍因為應酬從三十三吋變到三十八吋。

這五年來，我們歷經了太多衝撞與挫折。學會奔走、按耐（台語：安撫）、鞠躬哈腰、面對埋怨要處理；不期待掌聲，才能心無罣礙；動機單純，才能腦筋清楚，困難自然迎刃而解。學會「把心打開」一做五年多，喜樂至今。

2011 年 12 月 3 日萬里最後一場結束後，許多人若有所失的問，這五年的風起雲湧會不會嘎然而止？但我對此深具信心，因為這五年多來，我們從 319 鄉村兒童藝術下鄉學會的功課，政治人物是不可靠的，但台灣人民是值得期待的。

尤其台灣民眾巨大的熱情還沒有被完全釋放出來。紙風車這次的藝術美學下鄉，看似微小卻受到無比回應，這是台灣人互助互榮的特質，火已經點燃了。下次新文化運動再以不同的角度出發時，近觀看過的近八十萬觀眾，兩萬多個捐款者，怎能忘記這些日子的悸動呢？一呼百應，會有更多人毫無遲疑的投入參與。

對紙風車團隊而言，第一哩路走完，不是結束，正要開始。

同場加映

當我們同在一起，
走過愛的每一哩路

無可救藥的熱情，完成不可能任務──演員們

2006 年底至今，近兩千個日子以來，紙風車能成功啓動 319 兒童藝術工程，全來自台灣各角落裡的兩萬四千多顆愛心。在這高達一億九千六百多萬元的捐款、近八十萬的觀賞人次背後，其實，更有著一群默默付出的無名英雄。

這群人，就是一起同甘共苦，披星戴月，被颱風追著跑，讓烈日曬到昏，在港口望穿秋水等補給船，在機場焦急祈禱飛機飛，甚至冒著性命危險搶救舞台、排練戲碼，在舞台上完成一場場「不可能任務」的所有演員。

走過 319 個鄉鎮的第一哩路，美其名，是年輕演員們為全台小孩演出的一場戲劇盛宴。但對他們而言，每一城鎮的翻山越嶺，每一步伐的圖像串聯，刻畫出來的，其實是各自人生的一本台灣地圖。更令人意外的是，各鄉里的特有飲食，加上濃得化不開的人情味，讓風塵僕僕的演員，因緣際會地譜出一張連作夢都會「吞口水」的美食地圖！

「只要一踏進聰明大哥的地盤，一定人還未到，美食先到！」原來，嘉義縣鼎鼎有名的沙鍋魚頭老闆林聰明，是支持 319 藝術工程的「大戶」，只要紙風車來嘉義演出，林聰明絕對一大早起床熬煮大骨高湯，再用大鐵桶把肥美的沙鍋魚頭送上部落，為演員「大補特補」。三百多場的演出中，演員不僅飽嘗各地小吃，還曾大啖鱸魚餐、鵪鶉、烤山豬、燒肉……演出的辛勞，因而一拋腦後。

舞台上的劇碼，有時是八歲的阿欽，有時是舞劍的唐吉軻德。然而，舞台下上演的，卻是每個演員真實的人生。說短不短的五年當中，他們經歷過受傷、失戀、生病、吵架，既飽嘗家人分開，也面對生離死別；有人因日本福島地震擔心家人而啜泣，也有人公開告白求婚成功，找到幸福人生。

2008 年，彰化縣芬園的寶藏寺前，演員中佑哄著女朋友來看戲，台上演的是巫婆劇，他心裡盤算的卻一場求婚記。「中佑只知道要求婚，卻連梗都沒

想好……最後還是謝幕時，瘦巫頂（角色之一）做球，要他分享演員甘苦談，接過麥克風的中佑才敢大膽求婚，大家還利用夜光棒道具，幫忙拼成了『I love you』。」大夥合作無間，當時那個跑去上廁所差點錯過求婚的女生，現在已和中佑結為連理，生下可愛的小孩。

「我們很可能是全台灣職場風險最高的勞工喔！」因為颱風暴雨，演員們有邊化妝邊被管區開切結書的經驗；因為夜晚演出，演員常常上演血濺五步的驚悚劇情；「演出可以練習，默契可以培養，但天氣和場地，卻是我們控制不了的，最大的變數就是老天爺！」

回想起那晚在新北市三峽的演出，磅礡大雨一直下，舞台儼然成了水鄉澤國，演員拚命滑跤不說，大家還眼睜睜的看著巫頂，走到舞台中央，突然間人飛起來後重重摔在地上，「後來摔得有經驗之後，大家就習慣了，知道要避開哪個危險動作，也知道沙地、泥地、

紅土、各有不同的應變狀況！」大夥更對屏東縣里港那場難以忘懷，因為沒有休息室，「吃便當時，風一吹，整個便當全是沙！我們都可以到阿拉伯去表演了！」

特別是那場嘉義縣過溝的演出，啟誠至今仍心有餘悸。那晚開演前，他穿上唐吉軻德的盔甲走著走著，因為夜色灰暗，還好心提醒後面的同伴「教室外面很暗，小心點！」話都還沒說完，他竟跌入小水溝中，腿一抽出來，血立刻染上戲服，大家緊張地叫來現場正幫民眾義診的牙醫急救，牙醫一看傷口這麼深，搖頭說：「這我沒辦法，還是送醫院吧！」演出前五分鐘，當場換角，大家早已練就一身應變功夫。

劇團來自各方，因理念熱情而相聚，朝夕相處，早比家人還親。大夥坦言，「劇團工作早出晚歸，收入不固定，住家裡的和家人碰不到面，出外的一年也難得回家，家庭壓力其實很大！所以待在劇團的時間，比陪家人多，感情深

厚，當然比家人還要親了！」

對這群的演員來說，寒冬夜半鑽到骨子裡的寒冷，酷夏烈日悶到神智不清的溽熱，山上海邊數不完的受傷意外，家中父母呼喚繼承家業的期待，以及不固定收入的生計壓力，都無法阻擋他們對戲劇無可救藥的熱情。透過紙風車319全台走透透的參與，他們找到了與台灣的在地連結；從稚幼孩童的無邪笑臉中，他們確信了文化藝術的核心價值。這場藝術的改造工程，在他們心中已種下種子，將一哩哩延綿下去……

或許不相識，但我們有同樣的夢——技術組

紙風車319工程幕後技術人員的組成有舞台的音效、工程人員、運貨載人的司機大哥、實習的建教生及機動配合的演職員們。從山上跑到海邊、從鄉村走到離島，跑了台灣十多圈，技術人員，鐵架一根一根地架，司機大哥車一哩一哩地開……呵護著每一個工程的細節及每一個參與者的安全。創下了場場順利出演、開心收工的紀錄，說技術組人員是「萬能的天神」一點都不為過。

319場代表了319個以上的不同問題，其實再充分的準備都會有狀況。技術人員崇文有上百場的工作經驗，他

提到印象深刻的一次，「彰化線西那場風很大，我心想，那應該是極限了，不可能再遇到比線西風更大的吧，沒想到兩個星期後，卻在滿州遇到更強大的八級落山風，把舞台上很粗的鐵管硬是吹彎成九十度，拆台時拆得心驚膽跳，生怕一不小心就被強風吹落地面。」生死瞬間的情景，仍歷歷在目。要舉的話，驚險的事不只這一椿，「銅鑼演出時下起大雷雨，而且旁邊還有座電塔，當大家在躲雨的時候，我們卻得在帳蓬內保護機器別被雨淋濕，只能在心中暗自祈禱，千萬別有落雷……」

人家是中頭彩，技術組常常是頭掛彩。「記得還有一次在離島，三天連著演三場，工作人員已經夠少了，還得分成二批，一批搭今天的，另一批則趕去搭明天的，幸好演員都會幫忙，否則實在難以想像。由於人力吃緊，我在拆舞台的時候被道具敲到頭，去醫院包紮之後，我還是決定再趕回去和其他人一起完成工作……」崇文笑著摸著頭，想來身體也記錄下319走過的痕跡。

「募款籌來的經費一定要節省，所以修補道具是家常便飯，有兩次固定舞台上的背黑幕的三角鐵壞掉了，那場戲沒黑幕不行，而沒那塊三角鐵，黑幕也關不起來，還有一次是在高雄，我們需要找焊槍，但那天是假日，鐵工廠沒開，

學校老師便帶我們去找附近常和學校配合的廠商，沒想到也沒開……」心中焦急不已，回程中崇文一行遇到路邊檳榔攤老闆的兒子，見到老師，學生便好奇地探問，老師說要找焊槍，沒想到他居然告訴我們：「隔壁鄰居可以焊！」熱心的鄰居不但特地接電為我們焊，焊到跳電了還笑笑說：「不用錢啦！」

對技術組來說，順利演出靠自助也要靠天助。北門場演出前一小時，燈光控盤整個突然掛掉，只剩一顆燈可以運用，那天天氣很冷，技術組卻急得汗如雨下，內心不停盤算在這樣的狀況下如何安排，可以將影響降到最低……沒想到開演前，一位非319的工作人員突然出現來探班，他的車上剛好放了一台備用的燈光控盤（什麼人沒事會在車上放燈光控盤呢？）只能說奇蹟，不，應該說神蹟，老天幫忙解決了最棘手的問題。

技術組有人綽號馬蓋先，也有人「迷路是一種專長」。神經大條也是一種本事的卡車司機大連，開的是十五噸的大卡車，四年來跟著紙風車跑遍全台灣。「319鄉鎮跑透透，迷路經驗也不少，尤其是走山路的時候。山路不好找，又時常有叉路，旁邊的樹都長得一樣，路上沒人可以問，只能自己猜，導航系統也只能參考用，後來他們乾脆說『迷路』也是我的專長之一！」

到點貨卸完之後，長途開車雖然疲累，但是大連都會主動沿街去宣傳，看到鄉親們期盼的臉龐，似乎倦意就少了一半。「大家來看表演喔！這是給小孩子吸收學習的，好好看喔！」大連的大嗓門大家都聽到了！雖然職務是司機，但人手不足的時候也要粉墨登場，有幾次大連被派去扛雙頭龍的「龍頭」。

「第一次的時候因為沒做過，以為很好玩，而且好說歹說我也是正港的男子漢，就給它用力扛下去，跑遍全場，沒想到居然累得不得了，我心想：看那些女生扛的時候好像也沒那麼累啊？該不會是因為我缺少運動吧？」後來才知道，原來那是需要技巧的，不是靠蠻力，放對地方根本不會費力……

在技術組的工作人員中有很多是建教生，他們在紙風車的磨練中成熟，學會如何負起責任，「趁年輕的時候多學習，雖然很辛苦，但可以學到很多東西，愈做愈有興趣，就愈想學習更多。」在現場紙風車的技術人員帶領著恩輝等建教生同學們，完成每一個任務，並諄諄提醒，「每個動作都要迅速確實，否則一不小心就會受傷也會害別人受傷，一定要專注！」

「印象深刻的是花蓮的一場表演，演出一半突然跳電，我嚇一大跳，只能聽

舞監的指令應變，真是緊張萬分，深怕在時明時暗中出什麼差錯；原來那是因為那場使用的是工業用的發電機，不容易維持舞台燈光瞬間用電量的穩定。看到很多狀況的時候，我都會努力去學習如何處理。」南強影視科的恩輝回憶起印象中最深刻的「狀況」。

工程的優劣不只關乎演出成敗，更關係著所有台前幕後的安全，輕忽不得。所以「責任感」也是每一個紙風車的一分子要學習的，誰負責的工作出狀況，誰就得寫心得報告，所以經驗快速傳承，上工之後，戰戰兢兢絕對是必備的態度。

「目前我家裡的小孩只有我在賺錢，有時候回家後隔幾天又要出去參與別的場次，媽媽會問我會不會累？我說還好，練習學習。能讓媽媽以我為榮是件開心的事。」跟恩輝一樣的建教生有很多，他們懂事又有責任心，不只成就了一次又一次的幕後工程，更看得出只要能在紙風車承擔的人，未來也一定能掌握好自己的人生方向。

「除了紙風車，我也會跑其他劇團的車，但紙風車這樣不計利益地為孩子付出，真的很令人感動！不知不覺間，我早就已經是紙風車的一分子了……」司機大連流露出身為台灣第一個由群眾募集支持的社會運動「紙風車319鄉村兒童藝術工程」參與者的謙虛和驕傲。

在紙風車的旅程上，沒有英雄主義，只有認真投入的每個螺絲釘：因為這樣的心意，我們堅持到最後，完成夢想！或許不相識，但我們有同樣的夢，我們都是完成夢想的螺絲釘。

感謝有你，陪我們走過 319 之最

項目	日期	場次	贊助者
演出天氣最炎熱	96.6.24	屏東恆春	張道宏先生、蔡英文女士
演出天氣最寒冷	97.11.29	南投鹿谷	米堤飯店
演出地點最高	96.1.3	嘉義阿里山	台北市牙醫師公會、葉秋源先生及各界熱心人士
演出遭遇最大豪雨	98.3.8	桃園大溪	趨勢科技股份有限公司
演出遭遇最大狂風	99.11.25	屏東滿州	財團法人浩然基金會
最早出發的場次（凌晨 3 點）	96.5.19	苗栗泰安	泰安產險
最晚回到台北的場次（早上 6 點）	96.6.24	屏東恆春	張道宏先生、蔡英文女士
吳念真導演簽名簽最久的場次	99.2.27	台中烏日	潘國安賢伉儷、潘妮妮女士及各界熱心人士
觀象最多的場次（6200 人）	99.2.26	台中沙鹿	弘光科大、王本然先生及各地熱情民眾
觀象最少的場次（130 人）	96.10.16	連江莒光	中華電信
贊助者最多的場次	97.9.19	雲林崙背	崙背讀書會
演完困最久的場次	97.8.20	屏東琉球	中華電信、中油
散場募得捐款最多的場次	96.6.9	台北汐止	宏正自動科技
工作人員中暑最多的鄉鎮	96.7.7	彰化田中	簡志忠先生、簡志興先生
買到最多過期飲料的場次	98.9.4	花蓮卓溪	中國信託慈善基金會
〈八歲一個人去旅行〉國語版首演	97.5.1	高雄那瑪夏	台大工商管理系 1984

項目	內容
演出最多場次的演員	梁舒怡、林啓誠
跟最多場次的卡車司機	大連
捐最多場次的企業	美商摩根大通集團
最早謝幕的場次	台南官田
五年來跑過的總里程	29 萬（相當赤道走七圈）
最多企業志工	美商摩根大通集團
最先完成全鄉走完的縣：離島	連江縣
最先完成全鄉走完的縣：本島	雲林縣
個人最小捐款	1 元
參與過排椅子的志工人數	約 4000 人次
參加過的攤販數	超過 1100 攤
現場發送的單場節目單	共約 20 萬份
追風賽狗場蟬聯第一名寶座	小黑
排過多少張椅子	53 萬張
場地最克難	烏坵 / 守備大隊停機坪
單場交通運輸最複雜的鄉鎮	澎湖
搭過的交通工具種類	汽車（遊覽車 / 卡車）、機車、飛機、船（客輪 / 軍艦 / 小船）
發給觀眾的雨衣數量	超過 20 萬件
演出的場地	學校 253 間 / 占 66% 其他場地 / 占 34%

國家圖書館出版品預行編目資料

凝聚愛的每一哩路：「紙風車319鄉村兒童藝術工程」感動紀實 /
紙風車文教基金會著. -- 初版. -- 臺北市：圓神，2012.01

　　256面；17×22公分 --（圓神文叢；112）

　　ISBN 978-986-133-390-8（平裝）

855　　　　　　　　　　　　　　　　　　100021334

http://www.booklife.com.tw　　　　　　　inquiries@mail.eurasian.com.tw

圓神文叢　112

凝聚愛的每一哩路——「紙風車319鄉村兒童藝術工程」感動紀實

作　　　者／紙風車文教基金會
文字協力／丁瑞愉 · 江慧真 · 呂妍庭 · 張麗伽 · 郭珮甄 · 陳秋華
　　　　　湯光慧 · 蔡宗勳 · 鄭懿瀛 · 319工程文宣小組
攝　　　影／高修民 · 林敬原 · 洪聖飛 · 張業鳴 · Kevin .H
　　　　　唐亦謙 · 許佳登 · 慢慢 · 張大魯
發 行 人／簡志忠
出 版 者／圓神出版社有限公司
地　　　址／台北市南京東路四段50號6樓之1
電　　　話／（02）2579-6600 · 2579-8800 · 2570-3939
傳　　　真／（02）2579-0338 · 2577-3220 · 2570-3636
郵撥帳號／18598712　圓神出版社有限公司
總 編 輯／陳秋月
資深主編／沈蕙婷
專案企畫／賴真真
責任編輯／沈蕙婷
美術編輯／金益健
行銷企畫／吳幸芳 · 簡琳
印務統籌／林永潔
監　　　印／高榮祥
校　　　對／319工程執行小組 · 沈蕙婷
排　　　版／莊寶鈴
經 銷 商／叩應股份有限公司
法律顧問／圓神出版事業機構法律顧問　蕭雄淋律師
印　　　刷／國碩印前科技股份有限公司
2012年1月　初版

定價 420 元　　　ISBN 978-986-133-390-8